吉田健一

筑摩書房

目次

甘酸っぱい味

書き出しの言葉

初めは、甘いことも辛いことも混ぜて勝手なことを書くという意味で、甘辛という題にする積りだったのであるが、そうするとこっちは偶《たま》には辛いことも書くという宣伝の感じがしなくもなくて、宣伝した以上、書かなければならず、本当に書けるかどうか、余り自信がある訳でもないので、甘酸っぱい味というのに変えた。甘いのは前通りで、酸っぱいのは、辛味を少し薄めたという気持である。そして実際に辛いことが書けた時は、題で謙遜したことになるし、辛い筈のものが酸っぱい程度でしかなかった所で、もともとである。

併《しか》し勝手なことを書く考えは変えようと思わない。ジャーナリズムには妙な不文律があって、小説家に原稿を頼む時はただ、何枚とか、何回とか言うだけなのに（量を決める権利は確かに編輯《へんしゅう》者にある）、小説家以外の文士だとその他に各種の注文を附けて、アジア、アフリカ問題を民族主義的な立場から、但し国際主義的な観点というものも決して無視せず、アメリカ、ヨーロッパの読者にも不快な印象を与えない範囲で、ピタゴラスの定理と結び附けて十二枚半に纏めて下さいとか、この頃の十代の進出には目覚しいものがありますが、この現象を大人も子供も読んで満足する具合に四枚半で片附けて下さいとか、書く前から、向うの方で勝手なことを並べることになっている。

それを引き受けるのも商売と心得て、殊に、その裏を掻くのに苦心するのも一興と考えて我々は書く。併し十二枚半、四枚半、三回連載で毎回八枚という風に仕事を重ねて行くうちには、何百枚、何千枚になるか知れず、そういう注文附きの原稿を書くのに馴れる一方、いや気も差して来る。それ程、原稿の書き方に文句が附けたいなら、編輯者が自分で書けばいいではないか。仮にこの手を小説家に対しても使った場合を想像して見るならば、事態は一層はっきりする。三十代の美男が二十五、六の大力の悪女に深情を掛けられて、逃げ廻っているうちに、女の用心棒を雇うことを考え附き、それが来て見ると相手の悪女だったので、気違いになったという話を三十五枚で通俗小説風に、誰にでも解るように書いて下さいという種類の注文を小説家にする編輯者がいるならば、後は全くただその通りに書けばいいので、編輯者が忙しいなら、新入社の見習にだってその位のことは出来る。

時局問題に就ても、ここではなるべく書かないことにしたい。何か起きる毎に、方々の先生諸氏が各種の意見を述べて、賛否両論に分れる風景は新聞紙上でこの数年来、お馴染みのもので、雑誌でもアンケートというのを毎月二つか三つはやっている。一万円札が出るそうですが、どう思いますか。クリスマス島は、国連加入は、日ソ交渉は、砂川は、内灘は、媾和条約は、とこういう問題を年代順に逆に並べて行っても、幾らでもある感じがする。アメリカ軍の上陸は、というのがないのは、まだその頃は賛否両論やアンケートが今日程は流行していなかったからである。

読者が倦《あ》きている、いないは別としても、こういう問題を扱うのには社説があり、巻頭言があり、投書欄があり、又それぞれの専門家が書く論文があって、何もそれを随筆にまで持ち込むことはなさそうである。併し勝手なことを書くのだから、偶には時局問題に触れることもあるかも知れない。そして結局、どういうことを書くことになるのかは、実は、今の所は何も解っていないのである。

季節季節

今は春で、これを書き終る頃は初夏になっている筈である。季節感というのは可笑《おか》しなもので、終戦直後の二、三年は、その頃は鎌倉に住んでいたのであるが、春と言えば八幡様の前の通りに桜が咲いて、その下にカストリを飲んだ花見客がごろごろ倒れていることだった。そのうちに花が散って、青葉になり、いやに暑いので、夏だと思った。そして春も、夏も、闇米を風呂敷に包んで運んだり、どこかで「新生」を売っているというので駈け附けたりするそのほんの僅かな暇に、ちょっとそんな気がするだけのことだった。

戦争中はもっとひどかった。殊に、戦争が終った昭和二十年は五月になっても寒くて、こっちもそんなことはもうどうでもよければ、春や夏の方も実際に日本に来るのを忘れた様子だった。今でも、五月頃になって雨が降っていて寒いと、横須賀の海兵団での生活のことを思い出す。暗いというようなものではなくて、季節の変化まで銃後に置き去りにし、と言っても、銃後の生活にも何もないことは解っていたから、春から夏に移るという平凡なことまでが世界のどこか遠くの方へ行ってしまって、その外に漂ってその日その日を暮している感じがした。あんなわびしい思いをし続けたのは、幸に後にも先にも、あの時だけである。

併《しか》しその状態が今日でも完全に消滅したとは言い切れない気もする。歴史を太古の時代まで遡って見るならば、初めは冬になった後で必ず春が来るとは考えられていなかったものらしい。つまり、冬は一種の天災で、冬の世界に春を呼び戻す為に、それまで皆に王と崇められていたものが犠牲に殺され、大地に埋められて、その功徳で再び世界に春が来るものと信じられていた。我々は勿論、冬の後ではいやでも春になることを知っている。併し戦争中の状態が今日でも続いているのではないかというのは、太古の人間は少くとも冬とか、春とかの季節に、多勢のものが集って一人の人間を殺さずにはいられない程、自分達の生活に直接に繋った関心を持っていたのに対して、長い間、爆撃や食糧集めに気を取られていたことも手伝って我々はまだ春が来ても、春が来たと思う所まで回復していないのではないだろうか。春になるのは、地球の軌道が太陽に近づいたことによる自然現象で、と頭はあらぬ方向に走りたがる。

このことに就《つい》ては、それは当り前で、科学が発達した今日、我々は四季の変化に昔程は影響されないから、その変化に対する感覚が自然に鈍るのだと言うものが出て来そうである。科学という言葉の前には、我々は文句なしに頭を下げる習慣が大分昔から附いているが、人間あっての科学なので、草木が緑になったのも上の空でいるまでに眼が衰弱した人間の為に、科学がどれだけ役に立つか、科学自体にそうなれば意味があるかどうか、解ったものではない。戦後に我々がいや応なしに馴らされて来た実行不可能の各種の迷論も、それを鵜呑みにして騒ぎ立てる弥次馬根性も、自分の廻りに起っていることも眼に入らない、そういう頭の空転から生れたものではないだろうか。併し砲煙が消えて、戦死者の残骸が取り片附けられてから、もう十二年近くたっている。気のせいか、今年の春は如何《いか》にも春らしい来方をした。城春ニシテ草木深シは、昔の悠長だった時代の遺物なのではない。一体、悠長な時代などというものがいつあったのか。

懐古の情

昔の人間は今日の人間よりも偉かったり、昔は時代がよくて、今日ではとてもそうは行かなかったりするのが、少しでも前のことに対して今日の我々が取る態度の定石になっている。ということは、昔は昔、今は今ということなので、今日の我々は高い柱か丘の上に置かれて昔を見降し、その昔に就《つい》て実際は何も知らないのだから、雲に包まれたのも同然なのである。併《しか》し我々は、時間のたち方が昔よりも遅くなったとも、早くなったとも聞いていない。第一、そんなことがあっては困るので、もし昔と同じならば、時間は昔と同じたち方をして十年後には、今日の我々は一昔前の人間になり、四十四年後には我々は、——その頃でもまだ前世紀の遺物だなどという言い方が通用しているだろうか。

それでも昔と今を区別したがる人間がいるのは、今日では前世紀になった十九世紀に劃期的と思われる言説をなしたものが何人か現れたからで、それで昔と今の間に線が引かれたのは当時の人々の驚きを示すものであるが、それから百年近くたった今日になって見ると、別にそれで歴史を書き変えなければならなくなったとも思えない。ダーウィンの進化論は生物学を研究する上では有力な手掛りになったに違いないが、人間が猿から進化しようと、或はベルグソン風に考えて、その辺で創造的な進化が行われたのだろうと、人間の価値がどうなるものでもないし、まして昔の人間と今の人間の間に差が生じる訳はなくて、又ルナンが、キリストは人間だったと説明しても、それはキリスト教以外の宗教が前から言っていたことである。そしてマルクスは、衣食住に執着して存在する人間という、恐しく古風な、或は単純な人間観を打ち出していて、経済学の建前からはこれは当然のことであり、自意識だの、地下室の思想だのが経済学の対象になる訳がない。

後は、汽車が走るのが早いとか、飛行機が飛んだとかいう、今日の原子爆弾に対する驚きの程度のもので、この科学の驚異というものに我々はもういい加減馴れていい頃である。飛行機が飛ぶのが何だというその同じ人間が、まだ性懲りもなくコバルト爆弾で死ぬ思いをしている。そして人間が原子を分裂させたり、融合させたりすることに成功した所で、それでその人間が昔の人間程は偉くなくなったり、昔の人間よりも偉くなったりするということがあるだろうか。人間の能力にはまだ幾らも余地が残されている筈で、それで人間は、人間以上のものにも、以下のものにもなるものではない。

今日の人間に対して昔の人間があるのではなくて、今日の人間の背後に三十年前、百年前、四千年前の人間がいるのであり、これは更に三十年先、百年先の人間と続く。少くとも、原子爆弾に腰を抜かしていない人間ならば、その位のことは解る筈である。そして現代の社会だとか、未来の理想郷だとかいうのもあやふやなものなので、ハラッパーの遺跡では水洗便所だの何だの、色々なものが発見されたが、武器だけは見附からなかった。太古のマヤ民族は麻酔薬を使って、脳の外科手術をしていた。そのうちに、エジプト人にも自意識があったことが発見されるかも知れない。兎《と》に角《かく》、文学が、人間が昔から人間だったことを我々に親しく語ってくれている。三千年前の人間も人間だったというのは、何としても我々にとって懐しいことなので、これが懐古の情というものなのである。

新しいもの

新しい程いいというのは、魚と水位なもののような気がする。着物も、と言うものがあるかも知れないが、そんなことはない。着物が親から子に伝えられるものだったのは、まだそう昔のことではなくて、地も染料もそれ程持つものならば、極上なのに決っている。女の着物など、新しくなければ着物ではないと思っている女がいても、そういうその場限りのものは着物の部類に入らなくて、新しい着物でも、何度か着ているうちに段々着ているものの身に附いて来るのでなければ、どこか着物であることの上で欠けているのである。

洋服でも、パリの社交界の女が初めからそのようにその場限りの積りで作る服は、古いとか、新しいとかいうこととは関係がない、一種の豪壮な遊びに近いし、そのパリの女にも、他に愛用の服というものがあるに違いない。男の背広など、作ってから一年は着た後でなければ、本当に感じが出ない。

大体、男の持ちものは（と話題をこっちが知っていることに限って）、何でもそうである。革の財布の上等なのは、度々出し入れしているうちに艶が増すようになっている。帽子も、本当に帽子らしくなるのは新しく買ったのを一夏被り通して、汗と脂だらけになったのを洗濯屋に出してからである。それから、家だってそうで、木の香が新しいのがどうとか言っても、出来たてのは何だか自分の家の感じがしなくて、どんなに念を入れたものでも、建ったばかりの借家向きの安普請がけばけばしいのと驚く程似ている。新築を喜ぶのは、新しい服を作っていい気持になるのと同じことで、新しいということよりも、自分がそこまでどうにか漕ぎ附けたことが嬉しいのではないだろうか。この調子で、幾らでも続けることが出来る。酒は、と聞くものには、新酒が主になっている日本でも、どうかすると取ってある古酒を一度飲んで見なさい、と答えたい。

そしてそれよりも注意していいのは、思想も新しいのよりは、古い方が思想なのだということである。これは、一つの思想が思想らしい形で発表されるまでの経過を考えて見ても解ることで、それが発表された時、その思想をそこまで持って行った人間にとっては、それは既に充分に古馴染みのものである筈である。そこまで一つの思想と取り組むのでなければ、思想にそれで人間を動かすに足るだけのはっきりした形を取らせることは出来ない。そして最初の人間の手を離れてからも、思想は人間の世界に入って次第に育って行く。だから、一つの思想がその真価を示すのは、これが人間の世界で最初に形を取ってから何年か、何十年か先のことなので、時には何千年かたった後に、又その思想に新しい意味が発見されるかも知れない。そういうものを、我々は新しい思想と呼んでいいのであって、出来たてのほやほやの思想などというのは一人の人間の頭に宿った、まだ得体が知れない何ものかでしかない。

新しいということには、そういう意味もある。我々に今まで欠けていて、自分も知らずに求めていたもの、それだけ我々を何かの形で完成に近づけてくれるもの、そういうものに出会った時に、我々はそれを新しいと感じる。だから、聖賢の言葉は新しいのである。或は、そういう言い方がいやならば今日の人間の言葉でも、もしそれが我々にとって新しいものならば、百年たってもそれは誰かにとって新しいに違いないのである。

中古のもの

友達に自家用車を持っているのがいて、これも売りに出せば中古の自動車ということになるのだろうが、持主が丹念に手入れするので、可愛がられて育った犬のようにぴかぴかしている。乗り心地もいいから、外からは見えない機械の部分も同じ具合に整備されているのだろうと思う。

尤《もっと》も、持主が自分で車の手入れをするのはまだ日本では珍しくて、円タクとなると動きが烈しいから、やはり円タクなどはなるべく新しい型に乗りたくなる。併《しか》し考えて見ると、中古と言っても、我々は中古品に囲まれて暮している訳で、そうなると中古の味は捨て難いものになる。今これを書いている机は、家に家具がないのを憐んで、或る出版社の社長が下さったものである。貰った時に既に中古の机だったが、貰ってからもうかなり中古になっている。がっしりした、畳一畳位の広さがある大きな机で、その写真が新聞に出た時、先輩に羨しがられたのを今でも光栄に思っている。

これは、原稿を書くだけでなくて、家中にこんな大きな机は他にないから、友達を呼んで会をする時は、上に載っている字引だの、筆立だの、薬だの、空き缶だのを降して、机を下の部屋まで運び、今度はその上にお銚子だの、盃だの、箸だの、ビールだの、鮒鮨だの、鱒鮨だの、烏賊《いか》の黒づくりだのを並べて食卓の代りに使う。畳一畳の広さだから、並べるものさえあれば、かなりの壮観である。そういう会を何度したことか。又、この机で何冊、本を書いたことか。本の方もかなり中古になる位前からこの机で書いているのだから、書いた本の数も相当なものである。つまり、この机は立派な中古品だということになるだろうか。

そう言えば、古本というものがあるが、本も古いものは表紙が破れたり、紙を虫が食ったりして、取り扱いに気を附けなければならず、寧《むし》ろ骨董品に属するから、使用に堪えるものである限り、古本と呼ばれているものも、我々の蔵書を含めて中古品である。又、中古になっても読む気が起るのでなければ、本の名に価しない。その意味で、昔は神田は本の中古品の天国で、日本の蔵書家に又凄いのがいたから、それが払い下げる原書を漁りに外国人も神田に出掛けて行ったものだった。全然の新刊書でない限り、その頃欲しいと思う原書で、神田で見附からないものは殆《ほとん》どなかった。日本の本に至っては、新刊が出ると殆ど同時に、それが古本屋に出て、だから新刊書でも必ず古本屋に出るのを待って何割引かで買う方が得だった。限定版だけは新しいのを買って、金に困って売ってから、どうかすると売ったのと同じ本が買い戻せた。

神田だけでなくて、そういう在庫品が豊富な古本屋が、少し大きな町ならばどこでも一軒か二軒はあった。家に帰って来れば、自分の蔵書の中古品が並び、外に出ても同じ中古品を売る古本屋が店を出していた。これは、外も自分の家の中に似た感じがして、妙に気持が落ち着くものである。何故なら、店を出しているのは古本屋だけではなくて、古道具屋も、古着屋もあり、何れも自分の家にあるような、そして自分の家で使っても構わない中古品を売っていたからである。眼に附く建物も大概は中古で、その間を穿きよくなった中古の下駄や靴で歩くのが我々の日常生活の味だった。我々は、そうして我々の生活に親むのを忘れてはならない。

規格品

出来合いと中古では大分話が違う。中古の洋服も、もとは誂《あつら》え品ではなくて、出来合いの新品だったかも知れないが、これが古着屋に出る位ならば、少くともそれまでは持ったという事実の裏附けがある訳であり、又それまで人間がそれを着たのだという由緒もあって、その先どの位持つかという実用の問題は兎《と》も角《かく》、売らずに捨てることはない。洋服や靴は一々誂えて作ることを許さない事情もあって、だから、出来合いが悪いというのではないが、靴や洋服ではなしに一般に出来合いというものの問題になれば、これは少くとも或る程度の警戒を要することである。靴など、誰の足でも大概は似たり寄ったりの恰好をしているから、余程変な足でなければ先《ま》ず出来合いで間に合う。併《しか》し出来合いの家などというのはどうだろうか。

洋服を誂えて作らせるのは、今日では一種の贅沢になっているが（昔は出来合いなどなかったのである）、家だけはどんなぼろ家でも、こっちの寸法に合せて建てるのが普通である。主にこっちの財布の寸法に合せてであることは勿論であっても、どこに台所を附けるか位は、こっちの好みや必要で決る。つまり、誰よりも自分が住む為の家が曲りなりにも実現する訳なのに、この頃は出来合いの家というのがある。向うで初めから売るのが目的で勝手に建てた家ならば、借家に入るのと余り違わないが、そうではなくて、建築会社が大きな家や小さな家の雛形を幾つか拵《こしら》え、こっちの好みに応じてそのどれかを建ててくれる仕組になっている。どの型にするかはこっちの好み次第であっても、これはイの十六号か、ハの三号か決める自由があるだけのことで、後は、どこに建っても同じそのハの三号ならハの三号という型通りの家が一軒出来て、そこに住むことになる。ハの三号はどこにでも、何軒もあり、そしてその中で暮す家庭の生活は二つと同じものはない。出来合いの家の辛さはそこにある。

それで思い出したのだが、英国の批評家のカーライルによれば、十九世紀の半ば頃には憲法屋という商売があったらしい。その頃、それまで専制政治を行っていた諸国で憲法を制定することが流行して、日本の明治憲法のように起草に年月を掛けるのは面倒だから、そこへ憲法屋が登場し、立憲君主制の憲法、共和制の憲法と色取りどりに揃えているうちから、自分の国のはこのイの十六号にしましょうと決めたら、それを買って行って憲法問題は片附くのである。十五分も掛らない取り引きだったかも知れない。出来合いの家に住むのが辛いなら、出来合いの憲法が国法になっている国に住むのはもっと辛かったに違いない。修正に修正、は今日の出来合いの家と同じだっただろうと思う。こういう場合は、出来合いの方が金が掛るのである。

今度の戦争中は、規格品というものがあった。つまり、寸法を政府で決めた出来合いの品物で、売りに出ているものの殆ど全部が規格品だったから、何か荒涼たる風景だった。併しそれに反対すると、個人主義だなどと言われたのは、今日と余り違っていなかった。併し今日では、個人主義でも何でも、或は、資本主義的な商業主義の浅ましさで、意匠も色々になり、ものを自分の気に入った風に別誂えで作らせることも出来るようになった。一つだけ、戦争中と全然変らずに窮屈なのを黙って我慢しているのは、出来合いの思想である。

食べもの

食べものの楽しみが、我々が知っている楽しみの中でも大きな部分を占めているのは、主に我々がもし食べなければ死んでしまうからであることは勿論であるが、同時に、食べものだけはどんな方法でも出来合いのものが作れないからでもあるということに、この頃になって漸く気が附いた。

これは所謂《いわゆる》、出来合いのものを作る要領で、どこでも六十円、七十円、或《あるい》は百円のカレー・ライスが頼めるということとは関係がない。値段は同じ六十円でも、我々は同じカレー・ライスには二度と出会わない。そう言ってしまえば、食べものに限らず、何だってそうのようであるが、食べものの場合はそれとも又少し違っている。

ものの味は、食べている時の我々の気持や体の状態に相当に影響されるものなので、この三つが一つになった結果はいつも違っている。中村屋のカレー・ライスは何度食べても中村屋のカレー・ライスなのだと思うのは、店や値段が一定しているのだから、そうなければならないという先入主が我々の方にある為である。

それだけではない。仮に機械というものが非常に発達して、材料さえ集れば後はボタンを一つ、或は三つか四つ押すだけでカレー・ライスが出来るようになっても、カレー粉や米や玉葱をいつも完全に同じ状態で料理することは出来ない。そこが食べもの、つまり、自然というものの有難さである。そして機械製のカレー・ライスが出来る世の中になれば、我々が今日、手打ち蕎麦を出す蕎麦屋に押し掛けるのと同じ理由で、手製のカレー・ライスが売れるだろうし、何とか言っても、料理の機械化には限度がある(その限度が、アメリカの缶詰だといってもいいだろうか)。そして人間が自分の手で作る人間らしい料理ならば、食べものの味は益々一定しなくなって、烏森の新富の鮨が烏森の新富の鮨であるというのは、材料が新鮮だとか、親方の好みだとかが、大体の一致を生じさせているということに過ぎない。

そこにもう一つ、更に面白いことがある。これは、食べものというものが一定の規律に服さないということになって、放任主義を主張する材料になりそうでもあるが、そんなことはない。食べものは、それが作られる時の状況、或は状態に実に厳密に従っているのであって、指の動かし方が一つ違っても、それに敏感に応じるから、同じものは決して出来ないのである。その代りに或る人間の、その人間にしかない指の動かし方、汁の煮方が、その人間が作る食べものの個性になる。そしてそういう個性を食べものに出させるのは、修練による。指も、修練の度合いに応じて変化して、どうにでもなる。全く同じものを幾つも作るのが規律ではないので、自分が作りたいものを作る所まで行くのが規律であり、自由である。そして自然は一切の状況に対して純粋に受け身であるから、自然に対して勝手なことをすることは許されない。

或ることをすれば、或る結果を呼ぶその関係は全く科学的であって、運命論が信じたくなる位である。或る結果を得るのに、或る方法を自分の責任で選ぶこと、又それを通すことこそ自由というものではないだろうか。自由がいつも修練と表裏しているのはその為である。自分に出来ることでなければ、選ぶことは許されない。だから、自由は自分で克《か》ち取らなければならないものなのである。それがいやな人間には、ソ聯《れん》という国もある。

高級なこと

食べものなどというのは高級なものではないことになっていて、この高級であるということ、或《あるい》は高級なことが我々日本人の頭を悩まし始めてから久しい。いつ頃からか、正確なことは解らないが、高山樗牛が、我々は須《すべか》らく何とかをどうとかせざるべからず、と文法的に間違ったことを言った時代に、日本人が既にそういう高級なことに気を取られていたことは明かである。樗牛は、須くオムレッツにソースを掛けて食べざるべからず、とか、須くパンにはバタをなるべく沢山附けざるべからず、などとは言わなかったので、現代だか、時代だかを超越せざるべからず、というのは時代も、現代も何のことかはっきりせず、従ってこれを超越するというのも、どういうことなのか意味が摑めなくて、それ故《ゆえ》にこれは高級なことなのだということになる。

これがせめて自動車か何かならば、例えば高級車というのは立派な自動車ということで、ぴかぴかに磨きたてられていて乗り心地もいいし、速力も早いことで、誰も高級車と聞いて戸惑うことはない。併《しか》しそれ故に高級車は、高級ではないとも言えるので、一般に高級なことには、現代を超越するという風な、解ったようで解らない要素が含まれている。禅問答などというものの影響もそこに見られると思うものがあるかも知れないが、これは必ずしも頷けない。もし禅が解ったようで解らない、あやふやな内容のものならば、禅坊主の修業はそういうつまらないことを目標に一生続けられていることになり、常識で考えて見ても、そういうことはあり得ない。我々が禅とは縁がなくても、修業が本式の修業であることは納得出来る。禅坊主の偈《げ》にも我々を打つものがあって、これは現代を超越するなどという生易しいものではない。高級なことというのは、本質的にもっとどこか心細い所がなくてはならないのである。

例えば、「愛と死と絶望と実存」というような題を附けた本は売れると言われている。

これは高級なことと関係があるので、寧《むし》ろ、こういう題が高級なことなのである。愛とか、死とかいうことは、こんな風に並べ立てれば寝言も同然であって、それでも何となくそこに或る隠されたものがあるような感じにさせられ、そしてそれでいい気持になって、それ以上のことは追究しないですむという功徳がある。ということは、聞き流すのと結局は少しも違わないので、どことなく心細いというのは、そこを指している。もし愛、或は死が、山葵《わさび》の辛さと同じ力で我々に迫って来たら、第一、我々はそれを高級なことだなどと思うだろうか。その時、愛は愛に、又死は死になり、それ以上に、我々にとってそれは何とも名が附けられない大きなものに、又その次には、或る非常にはっきりした形を取ったものになる。そして高級なことが好きな人間は、そんな我々には用がなくて、くよくよしなさんな、と問題を逸らすに違いない。

一つ、ここで気が附くことは、こういう愛とか、死とか、或は現代でも、超越でも、何でもいいが、そういう言葉が凡《すべ》て外国語の飜訳か、或は前からあった言葉を外国風に焼き直したものだということである。外国人には山葵の辛さと同じ現実の問題であることが、我々にとっては外から入って来たものである為にただの観念になった。我々が高級なことが大好きなお喋りでなくなる為には、先ず言葉に実感を持たせることから始めなければならない。死語を使って何になるのか。

日本の小説

小説がつまらないのは、或《あるい》は少くとも、小説という名前を附けて我々の前に出される大概のものがつまらないのは、これも書いている方で、自分は小説を書いているんだという高級な気持があるからではないだろうか。昔は、小説を読んだりするのはよくないことで、ましてこれを書いたりするのは碌《ろく》でもないことになっていた。それ程、昔の人間は解らず屋だったのだと簡単に決めてしまう前に、そのように昔は小説というものが本当に軽蔑されていたのだということを考えて見るといい。今でも小説を書くのが高級な仕事になっていることを取り去った後に、何が小説などというものに残るかを思うならば、この昔の人達が取った態度は別にそう変なものではない。小説では、実際にあったことでも、ありはしなかった建前になっていて、それをあった積りで読まなければならないというのが既に可笑《おか》しい上に、では、どんなことかと言えば、男が女を好きになったり、男が男を殺したり、或はこの夢物語の世界で日が暮れたり、夜が明けたりして、だから、どうしたと突っぱねるものが出て来ても仕方ないことなのである。

それに加えて、これは高級な仕事なのだから恐れ入って感心しろと小説家が注文する。余りと言えば、というので怒る前に、もう少しこのことに就て考えて見ると、小説家がつまらない小説を書くのと、それを高級な仕事と心得ているのは繋っているので、従って片方を崩すことが出来れば、片方のこともどうにかなるのではないかと思う余地がある。もともと、小説は高級と相場が決っているのは日本のことであって、それは小説は昔からあり、中には幾つかの傑作があっても、小説というものの観念は明治以後に、外国から入って来たものだからである。その為に、当時は何となく新しい感じがして、これから小説を書きましょうと思う、少くともその当人は、議会を設立したり、鉄橋を掛けたりするのと同じ位偉いことをしている積りだったに違いない。そして議会や鉄橋には一定の形があるから手掛りになるが、小説はどういうものが小説なのか、別に決った規則はないから、五里霧中で小説らしいものをでっち上げるのと、それを大したことに考えるのがごっちゃになったのである。

これで、小説も高級（或は、明治風に言えば、高等）の観念の為にひどい目に会ったことが解る。外国人が小説を書き始めたのは、紙上の人物が眼の前に現れて我々と同様に生きるのが、何よりも先《ま》ず面白かったからであり、これは映画を見に行く我々の気持から直《す》ぐ納得出来る。そして一流の小説家ならば、映画ではどう踠《もが》いても追い附けない所まで行くので、従ってそうして紙上に生きる人物を通して歌を聞かせたり、思想を語ったりする余地があることも解り、その辺から小説が高級なもの、つまり、文学だという考えも起った。併《しか》しそれには先ず小説家が我々に実際に小説の世界を作って見せなければならない。太郎さんと花子さんの思想が如何に難解でも、太郎さんと花子さんが我々が知っている人間以上に生きて感じられるのでなければ、話にならないのである。

併し紙上に人物を生かすのには地道に仕事をしなければならなくて、難解で高級なことを並べるのは誰にでも出来る。こうして長々と日本の小説のことを書いて来たのは、これが小説に限ったことではないからである。

地を這う文化

文化人というものが軽蔑されるのは、一般に考えられていることとは反対に、やることが派手だからでもあるということを我々は無視してはならない。そしてこれは勿論、文化そのものが派手なものだというこの頃の見方と一体をなしていて、もし講演会とか、芸術祭とか、文学賞とかが文化ならば、文化も軽蔑されていいのである。これは、お祭騒ぎはつまらないということとも又少し違うので、お祭騒ぎにも色々あり、例えば所謂《いわゆる》、お祭と、この頃は文化で通っているものを比較すれば、その辺のことがもう少しはっきりするかも知れない。

町のお祭、村のお祭などというのは楽しいものである。家の近所の蕎麦屋さんなどはお祭にお神輿を担ぐのが大好きで、この町が陰祭の時は他所の町まで出掛けて行って担ぐ。そしてこれも派手は派手であるが、少くともお神輿が通るのは、町の生活と切り離して考えられるものではない。お祭があれば蕎麦屋に入る客も、出前も殖《ふ》えて、それが店の主人がお祭気分になるのを手伝い、町全体が同様の理由で浮き浮きして、大体、これがお祭というものなのである。これは生活の延長であって、生活であることを止めず、第一、お祭で騒いで、それで教養を高めることが出来たとも、町の文化に貢献したとも思う馬鹿はいない。そういうことを考えて得意になるのとは背景が違うので、背景はここでは町の生活であり、その町であって、何れも文化人の気紛れで作られたものではないことも、我々に一つの手掛りを与えてくれる。

生活というのは地味なものであって、一日一日と生きて行くうちに、いつの間にか出来上るものであり、そこに日常生活とか、家庭生活とかいうことの意味もあるので、頭を使っただけでなしに、こうして時間をかけて堅固に作られたものであるからこそ、我々が我々自身であることにとっての土台にもなる。何でも、我々を安定させるに足るものはそうであることを思えば、文化の問題も例外ではないことが解る筈である。我々の生活が我々に作られて、我々を支えてくれるものならば、文化は人間の歴史が作って、人間の歴史を担って行くものなのであり、それを我々の生活よりも安直に手に入れることが出来る訳がない。言わば、我々の生活をもっと広い範囲に亙って眺めたものが文化なのであって、だから、文化は生活と同様に地味なものであり、又そうである他ないのである。

人間が同じ一つの場所に何十年も、何百年も住みついて、こつこつと自分達の生活を築いて行くことから文化が生れる。木材を鉋で削る大工や、少しずつ研究を進めて行く学者が、自分が文化的な仕事をしているなどと思うだろうか。この頃はそう思って、自分の研究の結果ではなしに、自分がそういう考えでいることを雑誌に書いたり、講演会で話したりする学者もいる。文化とは何の関係もないことで、それを恥じる代りに、そうして時間を無駄に使って得意になっているから、文化人なのである。

学者の地道な研究が文化なのでもない。放って置けば、そのうちに学者の研究やモツァルトの音楽とともに、文化も我々の周囲にあることに気附く時が来る。わざわざ文化的な仕事などと言うよりも、人間がすることを凡《すべ》て文化、そして人間を皆、文化人と呼んだ方が当っている。そのように我々一同と地を這って行くものが文化なのである。

眼の前にあること

坂道がこれからは下りになる所に立って向うを眺めると、坂が尽きる辺りから道の両側に水田が続き、道はやがて村の家並に隠れて、その後に見える丘の緑に夕日が差している。こういう景色を見ても、今日の都会人は何とも思わないことになっているが、それよりもこれをどうにか解釈しようとして、何れは戦争で破壊されるものだとか、今は過ぎ去った時代の名残りだとか、一理窟こねて、それで眼の前にあるものを実際に見た積りでいる。写真を取るのが流行しているのは、そういう人間にとってその点では便利で、これさえあれば自分でものを見たり、見たものを自分の体で受け留めたりする必要がなくなる。

写真機のレンズを自分の眼よりも信用するというのはどういうことなのか解らないが、それを趣味と呼んで、何か意味があることに考えるのが、今日では一般的になっている或る態度の一部をなしていることは確かである。景色は写真機で受け留めるもので、事件は頭の端、というのは神経の先で手短かに片附ける。そういう頭の働きと写真機が似ているのは、その頭の働きも大部分は自動的なものだからで、それは一種の反射作用と言ってもいい位のものであり、例えば今日、砂川という言葉を聞いて、我々の頭がこれに何と答えるか、考えて見るまでもない。又それだけに、そういう手頃な答えの持ち合せがない時、我々はひどく不安になる。丁度、飛び石を伝って池でも渡っている際に、次に踏む筈の石がないのに気が附くようなもので、踏み外して落ちるのが、何か大変なことに思われて来る。又そうして慌てたり、落ち着かなくなったりするのも、頭を自分の責任で働かす手間が省ける点では、写真機と変りがない。

併《しか》しいつも何か、その場の間に合う答えを用意していることが出来ても、まだ不安の種は尽きない。というのは、それで自分と自分の眼の前にあることの間の溝が実際に塞げる訳ではないのであって、この溝をなくすのには、砂川は怪しからん、水田は過ぎ去った時代の産物、夕日は写真に取り難い、或《あるい》は、もう少し手が込んだ所で、スターリン批判は我々にとっても反省の材料になるという種類の、当世風の杓子定規では不充分なのである。何れも、その場の気休めに過ぎず、そして眼の前にあることはやはり眼の前にあり、この溝の意識を逃れるのには次々に同様な答えを出して、しまいにはパチンコ屋にでも飛び込む他ない。確かにこれは不安であって、それが今日の人間の多くが感じている不安であるという理由から、現代人の不安と呼ばれている。現代に生れて、現代人と附き合うのは楽ではないのである。

併しもう一度、眼の前の景色に眼を転じて、坂が尽きる辺りから道の両側に水田が続き、道がやがて村の家並に隠れて、その後に見える丘の緑に夕日が差しているのを眺めるならば、これは何よりも、我々に安定ということを教えてくれる。現代だろうと、或は千年前、或は今から百年先であっても、我々人間を支えるものがここにあり、それを我々の頭は我々の体から聞いてよく知っている。人間はいつの時代にも、確かにそこにあるものをあると認めることから始めなければならないので、そうすると、今まであると思っていたものがなくなることもある。不安そうな眼附きをし続けた後は、その根拠がどこにあるか考えて見ることが必要である。不安でも、我々の足は地に着いていなければならない。

平凡

そういう雑誌の名前もある。それから、庶民という言葉がある。これに対して昔は、或《あるい》はこれに似た言葉に対して、高邁とか、支配階級とかいうことが言われた。今は平凡や庶民が、何の反対だということになっているか解らないが、何かの反対の意味でこういう言葉が使われていることははっきり感じられる。平凡な人間のことを庶民と言うのかも知れない。確かにその意味に使われていると思われる場合がある。

それでは、平凡な人間ではなくて庶民でないのは、知識人だろうか。知識人であることの意味も甚だ明瞭を欠いているが、一応、新聞や雑誌にものを書き、学校で教えたり、会議に出席して討論に加ったりするのが知識人であるという、この頃かなり広く行われている解釈に従うならば、そういう人間はそれでは平凡ではなくて、庶民ではない。そうすると、少くとも日本では一切の発言権は知識人に握られていることになって、そうでない庶民が置かれている状態は、戦前の国民以下のものになる。又、平凡であっては一人前に口も利けないということになっても、文句は言えない。

そして知識人の方も、これも大分妙なことになる。庶民に対して知識人を持って来たのは、知識人が進んで庶民とか、庶民的という言葉を使い、自分達をそういう庶民と区別しているらしい気配が見えるからであるが、それならば、知識人は庶民でも、平凡な人間でもなくて、何なのだろうか。

例えば、知識人がビフテキを食べるとする。その時、知識人は平凡な人間とは違うから、ビフテキも別な味がするのだろうか。平凡な人間というのは普通の人間、つまり、人間であると考えて差し支えない。そして知識人が平凡でなければ、人間ではないか、或は少くとも、非常に変った人間の珍種であって、そういう人間が言ったり、書いたりすることを信用することは出来ない。知識人は今日では何かの意味で尊敬の的になっているが、我々は寧《むし》ろ知識人と聞いたら、気違い扱いにしていいのである。

こういう不都合な事態が起るのも、一つには平凡とか、庶民とかいう言葉を持ち出して、その他に偉い人間だの、気違いだの、又、支配階級だか、知識人だか、労組の幹部だかがあるという考え方を流行させ、知識人を得意がらせ、知識人ではないと思っている人間を一層ひがませるからである。我々が人間であることを止めたら、何でもなくなってしまうのであって、このことは知識人と呼ばれている人間にも、そうでない人間にも、誰にでも通用する。

駅弁の旨さが解らない人間が、食通を気取るのは可笑《おか》しいのである。おでん屋に入ることが出来ないものに、所謂《いわゆる》、料理屋のお座敷に通る資格があるだろうか。そんな風だから、一方では、自分は平凡な人間ですからと言って、おでん屋というものを殊更に粗末な飲み屋と考え、おでん屋にばかり通って、料理屋の座敷には行きたがらない人間も出て来る。これも、鼻持ちがならない点では、知識人や食通と変りがない。

鷗外の「雁」に出て来るじいさんは、普通の日は街で飴を売っていても、必要があれば羽織を着て、松源に出掛けて行く。そうあるべきであって、それが当り前であり、平凡なことなのである。或ることを専門的に研究して、その道の大家になるということはある。併《しか》しそれで普通の人間でなくなれば、何の為にこの世に生れて来たのだろうか。

浪漫主義

地を這うとか、足が地に着いているとか書くと、直《す》ぐに地面をのたうち廻っているのが本当だという風なことになるのは、言葉というものの不便な性格による。と同時に、一切のことがその場で表現出来たら、言葉などというものはなくてもよくなる。この頃は、浪漫主義というようなものはひどく相場が下っていて、感傷とか、甘い夢とかいうことと一緒にして考えられている。それが、つまり、感傷なのであるが、リアリズムを唱えたりしているものは、そのことに気附かない。

浪漫主義が日本ではせいぜいロマンチックという言葉の同義語位になってしまったことに就ては、勿論、それだけのことが浪漫主義の方にもある。宵の明星がどうしたとか、菫の花が紫だとかいうことを余り振り廻せば、そしてその受け売りが又烈しければ、誰でも宵の明星にも、菫の花にも飽きて来て、序《つい》でに、浪漫主義が何だということにもなる。それは俗悪にさえ思われることがあって、白樺の木のことを言う人間は、ただそういう聯想だけで安っぽく見える。アメリカの映画に出て来る詩人などはその典型であって、詩人と言うとそういう風に扱わずにはいられないことからアメリカそのものが軽蔑したくなるが、アメリカとアメリカの映画は別ものである。この頃はアメリカの映画館の観衆も、そんな人物にうんざりしたらしくて、詩人が余り登場しなくなったが、その代りにギャングが人殺しをやり、金持ががりがり亡者の所を見せる。詩人が宵の明星で、金や人殺しがリアリズムだと思うのも、感傷である。

ヴェルレーヌを浪漫主義の詩人に数えるものはいないが、ヴェルレーヌが田舎の景色を歌った詩に、宵の明星を見事に取り入れたのがある。ヴェルレーヌは飲んだくれの助平爺で、人殺しはしない代りに、人に殺され掛けたことがあり、今日の安直なリアリズムの尺度に従えば、相当なリアリストだった。併《しか》しヴェルレーヌにとって彼が書く詩は、彼が飲んだアブサントの味と同じくはっきりしたものだった。ヴェルレーヌの名前を聞いただけで、白樺の切れ端に聖母マリアの横顔が彫ってある函館の土産品に似た気持になる日本の文学少女は、パリの街でヴェルレーヌのような人間に出会えば、顔をしかめるに違いない。従ってヴェルレーヌを読んでも、ハイネを読んでも同じことであって、何れも白樺の切れ端に聖母マリアの横顔を彫った函館の土産品なのである。そういう読者がいるにも拘らず、詩を愛読したり、宵の明星を目に留めたりするのには、勇敢でなければならない。

併しそれも、人の思惑に気兼ねするのに似ている。文学少女のことを忘れれば、宵の明星は優しい星であって、これを眺めるのに酒を止めたり、涙を流したりすることはない。

人間は、ここに至善があると認めるような時は涙など流さないもので、寧《むし》ろ喇叭《ラッパ》が響き渡るのが聞える感じで全身でこれを受け留める姿勢を取る。星を見るとぐにゃぐにゃになって、喇叭の音を聞くと剣舞がしたくなるなどと誰が言ったのか。詩を静かに受け入れることが出来ないならば、杯を持つ手も震えるに違いない。宵の明星や朝の海が浪漫主義ならば、浪漫主義を軽蔑するリアリズム程、脆いものはないのである。酒を飲んでいても我々は夢を見るし、その夢は、眼が霞む種類のものとは別である。何でもした方がいいのであって、人間に生れた以上、我々は地面を這い廻ってばかりいられないのである。

紙の世界

新聞や雑誌というものがあって、時々、そこに書いてある我々の世界のことと実際の我々の世界は何の関係もないのだという気がすることがある。そういう出版物が古くから発達している国では、この感情は一種の常識にまでなっていて、新聞にでも書いてありそうなことと言えば、それがどういうことか直ぐに解るし、雑誌は、自分の気に入ったのを一つか、多くて二つ読み、それ以外のものに書いてあることに対しては知らん顔をしているのが普通である。そしてそれは新聞や雑誌を権威がないものにすることではないので、却ってどの新聞も雑誌もそれぞれの読者を抱えて一つのはっきりした性格を打ち出すことになる。

併《しか》し新聞や雑誌に書いてあることが凡てではないし、寧《むし》ろその僅かな一部でしかないことに変りはない。それが解っているから、新聞で読みそうなことという言い方が通用し、雑誌は気に入ったのを一つ取っていればいいのである。その外に、自分が知っている実際の人生が横たわり、商人が本当の商売をし、議会の委員会で政治家が新聞記事に漏れることを言っていて、その全体は新聞や雑誌ではない本に書いてあることでも頼りに、自分で知ろうと努力する他はない。全くその通りなのであって、新聞を全部、そして雑誌を全部読んだ所でこのことに変りはないのである。それだけの時間を費すよりも、そんなものにはお構いなしに自分で自分の生活をした方がどの位ましか解らないのである。

それが、日本ではそうは思われていないのは、一つには外国ならば、新聞や雑誌に出る前からあったものの多くが、日本では新聞や雑誌を通して始めて知られて、まだそういう出版物の紙上でしかお目に掛らないものが決して少くない為でもある。単に活字の組み合せとして見馴れているに過ぎないものさえ珍しくはないので、そうなると、それは新聞や雑誌で活字に組まれた世界にしかないことになり、更にそれが自由とか、知性とかいう、我々にとってなくてはならないものだと教え込まれたものであれば、我々は全く紙に依存して暮して行く他なくなる。そして確かに自由とか知性は、我々にとってなくてはならないものであり、それが実際にある証拠に、我々は現にこうして生きている。又なければ、直ぐに困ることも、我々の毎日の経験を通して解っている筈なのである。併し少くとも、こういう言葉が始めて使われたのは新聞や雑誌の紙上であって、それ故《ゆえ》にこれは我々の周囲によりも、活字の世界の方に多くあるという錯覚も生じる。

これでは、新聞と雑誌に見切りを附けることはいつまでたっても出来ないと同時に、又、そういう活字の世界と、我々の実際の生活、及びそこから延びている人生が似ても似つかないものだという印象は、外国の比ではなくなる。自分の自由を守って生活する代りに、紙上に活字を追って自由を求め、新聞の読書欄を見て本を読んだ積りになって、そして改めて自分の廻りを見廻せば、自分で努力しないうちに生活の方から締め出しを食っていたことが解っても、文句の持って行きどころはない。併しそれでも持って行きたくて、それが投書になって紙上に現れ、それを又誰かが読む。

こうして、紙の世界は紙の世界、我々の生活とそれを取り巻く政治や、経済や、社会現象は、そういう又一つの別の世界で、これこそ、二つの世界というものなのである。

言葉の力

　言葉の不自由は、一つのことを言うと他の多くのことがその為に打ち消される結果になることにある。実際は、その打ち消された形になったことも立派に通用しているのであるが、そこまで言い表す力は言葉にはないから、なるべく本当のことを伝える為には、幾つも言葉を重ねて行く他ない。それで寧《むし》ろ言葉のこの一面的な性格を強調して、一つの言葉がただ一つの意味しか持たないように工夫するのが、日用の話言葉も含めて、正確であることが何よりも大切な記述、或《あるい》は報告の言葉であり、やはり一つの言葉で一つのことを伝えながら、その他にもっと広い世界のことも窺わせるのを目的にしているのが文学である。

　併《しか》し文学の方には、ここでは用はない。それよりも言葉を一面的に使って、アメリカとソ聯《れん》の関係がよくなったとか、又反目しているとか、総評の今年の動きはこうだとか、ストをやるのは当り前だとか、こういう風に花を活けると文化的だとかいう事実や観測の伝達をすることに就《つい》て今は考えて見たいので、そういうことには言葉をそうして一面的に使う他ないのであるが、その為に、それが誰かが色々と頭を使って見た結果であり、我々もそれを我々なりに頭を働かして、そして出来るならば、いつも我々自身の経験に即して受け取らなければならないのだということが忘れられることもある。それ程、言葉というのは押し付けがましいものなので、何か勇しいことが書いてある論文など読んでいると、書いている人間自身が自分の言葉に金縛りになっている感じさえする。

所が、ここでどうしても文学を持ち出さなければならなくなるが、人間が言葉だけの世界で生きていられるのは文学の場合だけで、それは文学が言葉に一つだけの、人間に動きが取れなくするような意味を与えることを始終避けているからであり、それ以外の、普通に一面的に綴られた言葉の世界の中に閉じ込められれば、自分でそのことに気附くまでは、一応は人間らしい生き方をするのを止めなければならない。論語読みの論語知らずとか、こちこちに何かの道に凝っている解らず屋とかいうものも、そうして言葉の世界で逃げ場を失った人間なので、他に言葉の受け取り方を知らないならば、文学を読んでも無駄である。聖賢の言葉などというのは、大体が命令的な形を取っているから、読んだらもうおしまいで、少しでも複雑な理論が組み立ててある本は、それが真実の全部のように見えて来る。共産党がよく自己批判というのをやるのは、こういう連中にはそれだけ批判する能力が欠けていることを示すものに違いない。文学に気兼ねしたりするよりは、長良川で鵜飼いの見物でもした方が薬になる。

併し何かそんなことがきっかけになって、人が書いたことや言ったことを一々そうむきになって信じる必要はないことが解っても、その後が前よりももっとひどいことになる場合もある。そうすると今度は、世間のことは理窟通りには行かないものだとか、自分も若い頃はそんなことを考えたもんだとかいう訳で、凡《およ》そ言葉というものを信用することが出来なくなり、それでもやはり口を利いたり、考えごとをしたりしなければならないのだから、その窮屈なことは大変なものであることが、そういう人間の眼附きで解る。恐しいことであって、だから我々は、言葉というものを大切にしなければならないのである。

歯と耳

歯も大事にしなければならない。胡瓜のサンドイッチや、もろきうや、焼き鳥や、鰻屋のおしんこや、豚の脛《すね》の軟骨や、そうした歯触りで訴える食べもののことを思うと、歯がひどくなる前の自分が羨しくなる。こりこりと嚙んでは楽んだものだった。蚕《かいこ》が飽きもせずに桑の葉を食べて行くのは無理もないことで、あれも桑の葉の感触でのんき気に一日を潰しているに違いない。ものを食べる時、歯触りを軽蔑してはならないのである。

それはただ、歯に当る感じがどうという問題であるだけではないので、歯というものの位置から、それは直接に頭に響く。奥歯にものが挟まったという言葉があるが、今は僅かに残った奥歯で福神漬けでも、みる貝の刺身でもを嚙んでいると、その抵抗が一々頭に伝わって味覚にも増して自分が今、みる貝ならばみる貝を食べているのを感じる。手ごたえがあるということと同じであって、自分の体で解るのだから、これ以上に確かなことはない。味は、まだそれに就《つい》て詮索する余地が残っていることが多いが、嚙んで固いか、柔いかはその場で決り、これが一つの尺度になって、味も、ものを嚙み締めて始めてはっきりする。そして歯で嚙んだのと同じ位明白でなければ、味も本当に解ったとは言えない。

それに就て、矢田《やだ》挿雲《そううん》氏の『太閤記』に面白い記事がある。秀吉がまだ信長配下の小ものだった時代に、後に秀吉の軍師になった竹中半兵衛が隠居している美濃の栗原山に竹中を訪ねて行って、昼飯の御馳走になるのであるが、秀吉が来たのが丁度、半兵衛のじいやが昼飯の支度をしていた時なので、じいやは芋の煮え加減を見る為に、火箸で鍋の中の芋を一つ刺して口の中にほうり込む。ところが、もう歯が一本もないので、歯茎と歯茎の間に芋を止めることがなかなか出来ない。併《しか》し漸《ようや》く芋が挟めて、よく煮えた芋は歯茎に押し潰され、じいやは思わずにこにこする。

全く旨そうな感じで、歯がなくなれば、まだしも歯茎で嚙んだ方が総入れ歯でやるよりも頼りになる。尤《もっと》も歯なしでは困るのならば、総入れ歯もやむを得ないことであって、面白いことに、入れ歯でも十年もたてば、本当の歯に近い感覚を伝えるようになるそうである。体の方で不確かなことを嫌う余りに、入れ歯まで体の一部に変えてしまうのだろうか。併しそれは兎《と》に角《かく》、歯なしの爺さんが歯茎で芋を嚙み潰すところは実感がある。

音楽はこの種類の芸術に属している。耳から入って直接に頭に響くからで、音に鈍感ならば、どれだけ頭で理窟を捏ねて見ても、初めから聞かなかったのも同然であることが自分にも解る訳であるが、少しでも音を聞き分けることが出来るならば、これ程確かに自分の体で受け留めて楽める芸術はない。勿論、それは体だけの問題ではなくて、耳、というのは、結局は体を通して我々は幾らでも微妙な世界に誘い込まれる。併しその微妙な世界に対応して微妙な音があり、その為に起る鼓膜の振動をごまかすことは出来ないのだから、言わば、我々は人間のものではない世界に遊ぶことはあっても、人間であることを一刻も止めずにいる。

では絵は、と聞くものがあるかも知れないが、光線と視神経の関係は、音と鼓膜の間にあるものよりも遥かに曖昧で、頭だけの小細工が利く。歯で（或《ある》は、歯茎で）食べものを嚙み、耳で音を聞き分けるのが、我々の足が地に着いていることなのではないだろうか。

足

足が地に着いたまま、人間がどこまで高く登れるか、それがいつも人間に与えられて来た問題であると言える。決して冗談ではなしに、登山、例えば先年の、英国の登山隊によるエヴェレスト征服などは、この試問に対して人間が出した答えの一つであると考えてよさそうな気がする。そしてそれは、人間が今までに登った一番高い山という意味からではなくて、それこそ地殻を踏み締めていなければ、一命に関る仕事を計画的に続けて所期の目的を達したからである。

これは従って、ただ高いということの聯想《れんそう》から思い附いた一例に過ぎず、何か或る困難な事業を終えた時に、そしてそれが本当に困難な性質のもので、克服すべき条件が多ければ多い程、我々は地上を離れずに或る高みに立っているのを感じる。勝ったというのは、誰か別な人間を相手によりも、いつも自分に対して思うことである筈なので、自分に勝つことは、今までとは別な自分になることなのである。人間が色々なことをして、失敗したり、成功したりするのは、何とかそれに名目を附けるのが普通であっても、結局はこうして高みに立つことを願うからではないだろうか。それならば、失敗も気に掛けることはないので、山は又登ればいいのだし、失敗したことが一つの頂上を極めたことになる場合もある。

ナポレオンがあれだけ戦争して廻って、多くの国を征服しても、それがフランスにとって一文にもならなかったことを或る英国の批評家が指摘して、褒めている。ナポレオン自身はフランス人風に、栄光ということを言っていて、彼には少くとも初めのうちは、旧弊打破ということを実力でやって見せるという一つのはっきりした目的があったに違いない。そしてそれを本当にその通りにやってのけたことが、彼の栄光だった。だから、彼が後に皇帝になり、子供がないことを気にしたり、初めの妃と別れてオーストリア皇帝の王女と結婚したりすると、どことなく下らなく見えて来る。併《しか》し彼がいなかったらば、ヨーロッパはいつまでももとのままのヨーロッパだったことを思えば、彼が誰と結婚したかなどということはどうでもよくなる。

そして勿論、ヨーロッパを征服する必要がなければ、そんなことをしなくても少しも構わない。我々人間の世界で高みに立つということが、実際に高いところに登るのに似ているのは、我々の周囲がその時、静かになることである。木の葉一つ動かない感じで、我々はただ息をしていることに満足する。そしてエヴェレストに登るとか、ヨーロッパを征服するとかいうのは、話を解り易くする為に例に挙げたまでのことで、我々はただ地道に生きて来た生涯を振り返るだけでも、この高みに自分を置くことが出来る。我々は少くともそこへ辿り着くのに、一歩一歩を自分で踏んで来たのであって、それが人生に対して我々が出した答えであり、誰にもそれが間違っていると言うことは許されない。アルカディアではなくても、我々はこの世に生きたのである。

そしてそうなると高みの比喩を用いることはなくなり、どこまで高くということも問題ではなくなる。足が地に着いているということも、始終気にしていなければならない条件であることを止めて、大地に腰を降しても静かであり、その時、地上と高山の頂は一つのものになる。今はそう思わなくても、死がそのことを我々に教えてくれる。

再び食べものに就て

死ぬ時に解るというようなことは、それまで預けて置いてもいいので、そういうことは別として現在の楽みということになると、何と言っても飲んだり食べたりすることよりも大きなものはない。これは前にも書いた通りである。腹が減って何か食べたくなり、何か食べるものを見附けてそれを食べる。これ以上に簡明な筋道を通って、我々に生きている喜びを感じさせてくれるものがあるだろうか。

孔子は三日の間、肉の味を忘れたかも知れないが、四日目に特別大きなビフテキを注文して食べなかったという保証はどんな古文書にもない。あったらば、その言葉を疑っていいので、肉の味を忘れるとわざわざ断ってある位だから、孔子も普通の時は人間らしく食べる楽みを知っていたものと思われる。又そうでなければ、我々は孔子も信用することはない。

朝の食事だけを取って見ても、日本式のならば、おこぜの味噌汁にとろろ、豆腐を揚げたのに塩昆布、それから烏賊《いか》の黒づくりを少しばかりという風な献立が考えられるし、洋食ならば、パンをよく焼いてバタを附けた上に半熟の卵を乗せ、これにベーコンをフライパンで焼いて添える。ベーコンが焼ける匂いというのは強烈なもので、そこら中がお蔭で芳しくなり、そうするとどうしても飲みものはコーヒーということになる。腹が減っている時は嗅覚も鋭敏になるから、このベーコンとコーヒーの匂いが混じったのは、それだけでも気を遠くさせるものがある。パンに附けるのにはバタの他に、英国風に苦いマーマレード、でなければ、酒の肴になる生雲丹《うに》とか、いくらとか、筋子とかいうものは、凡《すべ》てパンに附けて食べられる。

朝の食事は幾らでも簡単に出来て、出勤が遅れそうならば抜きになることもあり、フランス人などはあれだけのんきな生活の仕方をしていて、コーヒーとパンの塊一つですますのが普通であるが、折角、一日のうちで最初の食事で、体の調子も比較的に上乗なのに、早起きをしてでもこれを楽まない法はない。尤《もっと》も、二日酔いの朝ということもあって、これにはトマト・ジュースに生卵を混ぜ、それにウスター・ソースを少し落して飲むことを或る英国人から教わった。確かに非常に利く。この頃売り出した缶詰のトマト・ジュースだけでも違うが、日本式に行くならば、麦飯にとろろを掛けて食べるのは、二日酔いの朝にはこの上ない御馳走である。

二日酔いでないならば、なお更各種の工夫が凝せる。この頃は、朝はパン食にするのが当世風ということになっているそうで、パン食ならばパン食で前に挙げたものの他に、例えばハムを厚目に切って、サンドイッチにせずに、パンに載せて食べられるように皿に盛って出すとか、それにレタースとサラダ・オイルに酢を混ぜたものを附けるとか、カレー・ライスのカレーだけを少し残して置いて、これに茹で玉子と福神漬けをまぶして食べるとか、想像が赴くままに朝の食卓は豊富になり得るのである。

尤も、これも見方によるので、直江兼続は同僚が朝、御飯と蓼《たで》と塩で食事をしたと聞いて、蓼だけ余計だと言った。併《しか》し兼続は当時、三十万石の所領を預る上杉景勝の部将であり、彼には政治の実権と、その上に詩作の楽みまであった。彼が贅沢を言うことはなかったので、我々は我々なりに道を楽んで少しも恥じることはないのである。

飲むこと

食べることに就《つい》て書いていたら切りがない。飲むことに就ても同様であるが、釣り合い上、その一端を述べて置かなければいけない気がする。前は、世界で最初に酒を作った人間は誰なのだろうかと、そのことに少からず興味を持っていた。併《しか》し考えて見ると、酒のように大切なものは、例えば、火と同じで、いつの間にか、誰ということはなしに、人間がいる所にはどこにでも火とともに酒があることになっていたに違いない。酒を先《ま》ず神々に捧げたのも当り前で、原始人も、或《あるい》は、原始人であるからこそ、こういう見事なものが人間の智慧だけでは出来ないことを知っていたのである。

確かに酒の作用は奇妙なもので、血液に混入したアルコール分が先ず大脳を侵し、などと説明した所で、別に何が解ったということにもならない。例えば、疲れがひどくて体中の神経がデモに突入したのに似た状態を呈し、休もうにも休めない時に、何故酒があるとデモが止んで、長い一日の仕事は終ったという風な感じになるのだろうか。多くの人々の説とは反対に、酒は我々を現実から連れ去る代りに、現実に引き戻してくれるのではないかと思う。長い間仕事をしている時、我々の頭は一つのことに集中して、その限りで冴え切っていても、まだその他に我々を取り巻いている色々のことがあるのは忘れられ、その挙句に、ないのも同じことになって、我々が人間である以上、そうしていることにそれ程長く堪えていられるものではない。

そういう場合に、酒は我々にやはり我々が人間であって、この地上に他の人間の中で生活していることを思い出させてくれる。仕事をしている間は、電燈はただ我々の手許を明るくするもの、他の人間は全く存在しないものか、或は我々が立てている計画の材料に過ぎなくて、万事がその調子で我々に必要なものと必要でないものに分けられていたのが、酔いが廻って来るに連れて電燈の明りは人間の歴史が始って以来の燈《とも》し火になり、人間はそれぞれの姿で独立している厳しくて、そして又親しい存在になる。我々の意志にものが歪められずに、あるがままにある時の秩序が回復されて、その中で我々も我々の所を得て自由になっていることを発見する。仕事が何かの意味で、ものの秩序を立て直すことならば、仕事に一区切り附けて飲むのは、我々が仕事の上で目指している秩序の原形を再び我々の周囲に感じて息をつくことではないだろうか。

それならば、ただ休むだけでもよさそうなものであるが、長い間一つのことに向っていた神経は、我々がもういいと言っただけでもとに戻るものではなくて、そこへ酒が入って来る。酒は冬になると木枯しが寒いことや、春は湿度の関係で燕が地面と擦れ擦れに飛ぶことを教えてくれる。何も、もう酒でいい気持になった訳ではないので、酒は飲み屋の料金表を入れた額が曲って壁に掛っていることも、隣のおじさんの鼻が赤く光っていることも我々に知らせてくれる。酒が穀類や果物などの、地面から生えたものの魂で出来ているからだとしか思えない。

ただ飲んでいても、酒はいい。余り自然な状態に戻るので、却って勝手なことを考え始めるのは、酒のせいではない。理想は、酒ばかり飲んでいる身分になることで、次には、酒を飲まなくても飲んでいるのと同じ状態に達することである。球磨《くま》焼酎を飲んでいる時の気持を目指して生きて行きたい。

理想

何か一つの理想を持って生きて行くのはいいことであると、我々は子供の時から教えられている。確かに、子供がなるべく勉強をして大人に迷惑を掛けず、余り大食いもせず、急に大きくなりもしなくて食費と衣料費を節約するのを理想にしたら、親は助かるに決っている。なるべく食べないのだけでも、喜ぶ親がいないとも限らない。どうも、理想を持てと言われると、そんな風に理想などとは縁がない人間の役に立つだけのことはないかという気がして来るのである。

理想の種類にも、そう思われても仕方がないようなのが多くて、従順とか、忍耐とかいうのは、そうありたいと考える人間よりも、その人間と一緒にいるものの方が得をする勘定になるのではないかと邪推したくなる。併《しか》し他にもっと値打ちがあるのもある、とさえ言うことは出来ない。理想に持って可笑《おか》しくない感じがするのは、大概は単にそういう目標に過ぎないので、それが理想に似ているのはそれが実現されるまでのことである。ドイツの統一や完全雇用から朝早く起きることに至るまで、一切はそれが出来るか出来ないかに掛っていて、出来たらばそれでおしまいになる。朝早く起きるのなどは、理想などにする前に起きればいいので、その種類のものが沢山ある。従順も、忍耐も、その意味で理想ではないので、それ位のことが出来なくてという尺度からすれば、理想というのは大部分が誇張に過ぎないのである。ダ・ヴィンチにとっては、飛行機を作るのは理想ではなくて、一つのはっきりした目標だった。

第一、絶えず努力していれば、或《あるい》は一生のうちにはそこまで辿り着けるかも知れないことなどというのは、時間が掛り過ぎてつまらない。いつ死ぬかも解らない身の上で、或は一生のうちにはもないものである。それに人間というのは不思議なもので、寝ても覚めても忘れられない程むきになってやることは、案外早く実現する。少くとも、二十年か三十年あれば足りて、その時に又その先のことが目標になっても、それは今の我々が知ったことではない。考えれば考える程、理想などというものを持つよりは、したいことをすることに決めた方が早くて、どんなことでも理想に祭り上げれば、それが夢でなくなるのはいつのことか解らない。懶《なま》ける口実を作っているようなものである。だから、一生のうちにいつかはというのは、無気力にその日その日を送っていることになるので、そういう理想家は決して一般に考えられている尊い存在ではないのである。もっと頭と眼と手が一致していなければならない。

こんな風にも解釈出来るので、理想家というのは色々と結構なことを並べ立てて、そういうことを言った挙句に実現するのは、そのほんの僅かな一部である。それならば、後のことは言うだけ無駄だったので、初めからその一部に集中するならばもっと大きな効果が収められるかも知れないし、兎《と》に角《かく》、こっちは退屈な演説を聞かされずにすむ。十を狙って漸《よう》く《や》三か四を得るというのは、実行力がないものが言うことである。

併し我々が望んでも、とても適えられないことと思って、自分に対しても黙っていたことが、年月がたつとともに次第に自分の方に近づいて来るということはある。知らずに努力したのか、天から与えられたのか、遥か向うにあったものが、いつの間にか自分とともにあることに気が附く。これが、理想である。

人間であることに就て

理想などないと言うと、行き掛り上、何だか大変落ちぶれたような感じがする。併《しか》しそんなこともないだろう。これは電気洗濯機があるとか、ないとかいうことと同じで、あった所で大して便利な訳でもないし、なくても結構やって行ける。ただ理想と電気洗濯機が違うのは、洗濯機の方は兎《と》に角《かく》、ボタンを押すか何かすれば洗濯をするが、理想があっても、これはもう全くどうということはないのである。併しそれでも、理想がなければどことなく都合が悪いらしくて、この頃は理想の代りに理念とか、社会通念とか、連帯責任とかいうことを言っている。

その他に、国際とか、人類とかいうことと関係がある言葉も幾つか頭に浮ぶので、我々に理想がない代りにこういうものがあるという、理想の代用品が出来ている訳である。昔は偉い政治家になること、それから芸術家になることなどが理想で、現在では、もっと社会全体のことを考えなければならないという風なことになっている。併しこれは実際にはそう違わないことであって、偉い政治家になろうと思っても、ならなかったものが多いのと同様に、我々はもっと社会全体のことを考えていても、それは、お前に理想、或《あるい》はその代用品になるものがあるかと聞かれた場合で、普通はいつもの生活をしている。つまり、借金したり、電車に乗ったり、友達と飲んだりしていて、新聞を読むとか、自分にも理想に似たものがあるだろうかと思うとかする時に、始めて今度の英国の態度は非人道的だという種類のことに注意を向ける。

そうすると、それは理想であって、我々の生活の邪魔にならない範囲で我々に時間を無駄に費させているのである。もう一度、高山樗牛の言葉を使って、我々は須《すべか》らく現代を超越せざるべからずと思っても、或はそれが、万国の労働者、団結せよであっても、そういう理想は我々の出勤時間を早めもしなければ、それで茶の入れ方が旨くなることもないのと同様に、英国の態度やソ聯《れん》の仕打ち、或は十代の青年が示す思想上の傾向は、我々の生活を少しも豊かにするものではない。英国は英国、十代の青年は十代の青年、そして我々の生活は我々の生活であって、これでは腹の底から怒りが込み上げて来るということもないし、他所《よそ》ごととは思えず嬉しくなることもない。問題の性質も、新聞の字面とともに始終変っている。そして我々の生活はいつも同じであって、気が附いて見て寂しくなることもある。言わば、我々はお附き合いで頭を働かしているに過ぎない。

宗教というものがあった時代があって、そんなものは有害だということになった後、銘々が理想を持つことになった。併し社会全体のことを考える他にも、理想がそう有難いものではないことを示す色々な材料が集り、今では理想家という言葉が既に何か、世間離れがしていて役に立たない人間というのに似たものを我々に感じさせるようになっている。それならば我々は今日、宗教とか、理想とかいう、人間にとってなくても構わないものに邪魔されずに、さばさばしてただ人間らしく生きて行ける訳なのだから、それを思えば、英国の態度や十代の青年の動向で、又痛めずにすむ頭を痛めるのは惜しい。何百年か、何千年かの歴史の後に、我々は久し振りにゆっくり人間であることを許されているのではないか。それ以上に大事なことがあるとは、どうにも思えないのである。

おでん屋

先日、大阪に行って、十何年振りかにおでん屋というものを見附けた。今の東京にもないことはないが、これは昔のおでん屋とは違ったものになっていて、その東京に昔あったおでん屋と同じものが、今日でも大阪ではおでん屋で通っていることが解ったのである。だから、大阪に限らず、まだ他にも昔のおでん屋が残っている所があるに違いない。これは、頼もしいことであって、まだこの国に生きる甲斐があるという感じがする。

昔の東京のおでん屋がどんなだったかと言うと、今日、これが東京の街から姿を消したのは実利主義ということとも関係がある。おでん屋で飲むのは安いと、昔から相場が決っていて、それで今日の東京のおでん屋でも、安いことが目標になっている。安い酒に安いおでんで、その点は昔と変りがない。併《しか》しこの安いということをなるべく合理的に考えて行けば、儲るに従って大衆食堂式に店を改築すればもっと客が入るから、もっと安くなり、序《つい》でにカレー・ライスや中華丼も売り出すことを思い附いて、もうおでん屋ではなくなる。現にあるおでん屋はそういう、店の片隅でおでんも煮ている大衆食堂になる為の第一歩であって、少し通っているうちに店も拡り、少くともおでんの他に小料理も出すようになるのだと思うと、おでん屋で飲んでいる感じになるのは難しい。そこの所が、東京のおでん屋は今日と昔で違っている。

昔のおでん屋も、安い酒を飲ませる為の店だった。或《あるい》は何も、昔の東京のと断らなくても、おでん屋というのはそうしたものである。安い酒が飲めておでんがまずくなければ、客にとって文句はない。そして安い酒でも、酒でなければならなくて、何れ改築したり、オムライスを出したりするのにのけて置く金があるなら、それを酒に注ぎ込んでくれるのでなければ、客は困る。それに大体、安い酒は安酒だと思うのが間違いなので、今日のように酒の値段が統制で釘附けにされていなくても、いい酒と悪い酒の値段の開きはお銚子一本に就《つい》てそう大きなものではない。安くて旨い酒というものもあって、おでん屋の主人の心掛け次第で見附けることが出来る。おでん屋というのは安い酒を飲ませるところで、安い紛いものを出す場所ではない。おでんの種の仕入れ方も同様で、安くて旨いものにおでんがあり、酒も酒自体は決して高いものではないから、おでん屋というものが誕生したのであって、それ以外におでん屋が存在する理由はない。

つまり、実利主義であって、そうした昔の東京のおでん屋で飲むのは楽しいものだった。主人はこういう商売をやる位だから酒通で、おでん屋の店構えだから、設備費を見込んでいない値段で旨い酒を出した。酒飲みにとって、旨い酒さえあれば他に何にも欲しいものはない。もしあれば、おでん位なものである。飲みたいから飲み、食べたくなれば、豆腐の一つも頼んで、別に懐と相談する程のことはなかったから、夜は長々と更けて行った。金を掛けずに豊かな気持になれたので、第一、豊かな気特になるのに金を掛けなければならないというのが間違っている。

今度、大阪に行って、道頓堀にそういう昔通りのおでん屋があることが解った。そして久し振りに昔通りの気分で飲んだことは言うまでもない。場末ならば、まだ安心は出来ないが、これは大阪の目抜きの場所である。日本には、まだ人間の生活が残っている。

東京と大阪

大阪に二、三日いて帰って来て、それから暫《しばら》くは東京の街が汚く見えて仕方がなかった。焼けたのは東京も大阪も同じで、復興の仕方が目覚しいのも少しも変りはない。それだけに東京と大阪は比較し易いので、これが京都と東京では、京都は焼けていないし、それに東京とは凡《すべ》ての点で感じが余り違って、東京に帰って来れば、近代都市というのはこういうものかと思って諦める気にもなる。併《しか》し大阪は近代都市であることに掛けて東京に引けを取らなくて、その上に堂々と美しい。

勿論、それに就《つい》て直《す》ぐ頭に浮ぶのは、大阪は大体がもとからの大阪人が住んでいる都会であるのに対して、東京は住んでいるものの大部分が他所《よそ》から来た人間であり、それも必ずしも土地にい附くのではなくて、始終変っているということである。言わば、借家住いをしているようなもので、どうしても住み方が乱暴になり、親の代から住み馴れた家に愛着を持つのと同じ訳には行かない。これは、ビルの建て方一つにも現れて、大阪の御堂筋の建物などは殆《ほとん》どが戦後に出来たものに違いないのに、既に大阪の空気に溶け込んで落ち着いて見えるのが、東京では場所さえあれば、銘々が自分の都合で隣近所にはお構いなしに勝手な設計をして、その結果はビルの雑居とでも言う他ない。又大阪と違って、なるべく焼けた家に似たのを建てるということもないようである。東京では焼けた所と焼けない所の区別がはっきりしているが、大阪ではもう見分けが附かなくなっている。

そんな訳で、東京は何とただだもうだだっ広くて風情も、実感もない場所だろうと思っているうちに、これでもそう捨てたものでもないという風に考えが変って来た。昔の東京は確かに今日の大阪のようでもあり、ロンドンにも似ていて、そのどの部分にも個性があり、焼けた後でどこも同じに見える焼け跡を廻っても、ここが麹町区、或《あるい》は本郷区と直ぐに解る位だった。そしてこの風格は今は失われて、焼け跡には如何《いか》にも戦後の感じがする建物が建ち、東京の大部分は焼けたから、東京のどこもがただの名もない戦後の街に変った。銀座に行っても、新宿に行っても、同じ人込みを、同じガラスの面積が大きい近代建築や、気が利いたネオン・サインの広告塔が見降している。この気が利いているということが戦後の東京の特徴で、店の設備も、方々に出来ている集団住宅も、百貨店で売っている家具も、凡て無駄なものを省く努力がしてあり、その中で生きて行くのに必要な条件さえも無駄なもののうちに数えられている感じがする。ということは要するに、一切が死んでいるのである。

併しこれは東京を部分的に、昔と同じ積りで見た場合のことで、少し高いビルにでも登って眺めた東京は、凡《およ》そ気が利いているのとは反対の、雑然とした大都会である。これ程無色に、ただごたごたと建物が建ち並び、その間を道路が縫っているだけの都会は世界でも珍しくて、それが却って我々に、一つの性格を感じさせてくれる。つまり、我々はここに住んでいて、我々自身が無名の人間になれる。どこの何さんでもなくて勝手に銘々が暮して行けるので、それだけの自由と孤独の中から、まだ何が生れて来るかは解らないが、必ず何かがそこから作り出されるに違いない。それが、都会の生命力というものである。これ程大きな都会が再び成長するのには時間が掛る。死んでいるどころではないのである。

都市

今の東京などにはまだ勿論望めないことであるが、何百年かの歴史がある大都会がその大きさ故《ゆえ》に、そこに住んでいる人間の生活を少しも拘束せず、その様々な生活とは別箇に風格があるのはいいものである。建物一つでもそれだけの年数がたてば、そこになくてはならないものに思われて来るが、これが一区域毎にその場所の個性が出ていることになれば、街を歩いていても、ただ街を歩いているだけではなくなる。そしてこれは、こっちが都会に住んでいる有難さで全く無名の一箇の人間である為に、一層強く感じられることなのである。

パリにコンコルドの広場からギリシャ風の様式をしたマドレーヌ寺院の方へ行く通りがあって、この通りは誰にでも歩けるし、又ここを行くものは誰もがただの通行人でしかないのであるが、この通りは世界でただ一つしかないことをいやでも認めずにはいられないものが、歩道の敷き石にまで染み込んでいる。この印象は得難いものであって、その為に我々は最も一般的な人間というものの立場に連れ戻されてそこから文化とか、歴史とかに就《つい》て考える余裕を与えられる。或《あるい》は、そんなことをしなくても、我々から無駄な虚栄心や思い上りが一切剝ぎ取られ、その為に全く一箇の人間になって足を運ぶことが出来る。そしてその足で飲み屋に入り、店で買いものをする。一市民であるというのはそういうことなので、市民として自覚したりする必要がある間はまだ都市は完成されず、市民の生活もまだ出来上ってはいない。

パリのロワイヤル街のことを言ったのは、思い附くままに一例を挙げたのに過ぎないので、勿論、パリのどこへ行ってもそういう場所があり、それがパリという都市を作っている。パリだけではないことも説明する必要はなくて、ロンドンのテームス河の河岸に立つと、自分が前からそこにいて向う岸の建物を眺めていた感じになり、それはテームス河が前からそこを流れ、ロンドンがその河岸にあったことが動かし難い事実になって迫って来るからである。都市もそうなると、多少の区劃整理や建物の変遷があっても、それまでの印象が別なものになることはない。焼けた東京の麴町区が、他のどこでもない麴町区の焼け跡に見えたのと同じで、過去は現在の人間の仕事に繫り、一都市全体が焼き払われるというようなひどい目に会わない限り、ロンドンはロンドン、又パリはパリであることを失ったりすることはない。

都市がそういうものであることは、日本でも変りはない筈である。現在は東京だけでなしに、全部が焼けてしまった都市が多過ぎて、大阪のように東京よりも伝統が古い所を除けば、焼け跡に所謂《いわゆる》、近代建築が並んだのが都市だと考えるのが普通になっているのではないかとさえ思われる。その上に、近代都市というのは、古くからあった所が次第に近代化されたものの他に、ダムの建設とか、原子力の開発とかで、何もなかった場所にいきなり近代風の都市が出来上ることもある訳であり、仮に戦争がなくなっても、こういうのはこれからも殖《ふ》えて行く。

併《しか》し家も人がそこに住むのに連れて家らしくなって来るので、普請が終ると同時に家になるのではない。家が集って出来た場所も同じであって、そこを故郷と思うものがあるようになるまでには何十年か掛る。そのことを考えて、我々はただ待つ他ないのである。

家

いつか、花森安治氏と話をしている時に、この頃建てられる家のことになって、お互に色々と不満を並べたことがあった。人間は近代建築とか、文化住宅という言葉に迷わされて、自分がそこに住むのだということを忘れる傾向があるようであり、花森氏によれば、建築主よりも設計する建築家の方が、そうして家というものが人間が住む場所であるのを忘れる点ではひどいということだった。

例えば、壁を広く取ってそれと床の関係を生かす為に、棚を作ればそれが駄目になるから棚を作ることを承知しないとか、部屋の釣り合いにばかり凝って便所を附けるのを忘れるとか、要するに、近代風の住宅を設計するこの頃の建築家にとっては、人間は家具も同様に、家の附属物に過ぎないのである。そう言えば、こういう近代的な住宅の内部の写真が雑誌に出ていたりする時は、そこに住んでいる人間は映っていないのが普通で、確かに人間がいない方がこの種類の部屋は綺麗に見える。だから、住んでいてもなるべく部屋にはいないで戸口からでも中を眺めているのに越したことはなくて、結局、これは人間が住むものではないということになる。

　それに附けても思い出すのは、或るもっと本ものの建築家から聞いた話で、それによると、コルビュジエはあんな超近代的な住宅を方々に建てながら、自分は古い農家を改造したものに住んでいるそうである。自分にあるだけの腕を振って住宅の実験を重ねながら、その技術が次第に古い農家の完成された様式に近づくのを待っているのだろうか。下手な真似をするよりも、自分で工夫して行こうとするのは立派であるが、実験の途中で出来た家に住まされるものは災難である。それに建築家にとっては、家を建てる仕事の上で、確かにそこに住む人間などどうでもいいという面があるに違いない。そして個人の住宅よりも集団住宅の方がそれが多いから、この頃の建築家はこれを建てたがる。従ってそこに住むものは、狭いということとは別に建築家の仕事熱心のために、更にひどい目に会わされる訳である。

　こういう建築がドイツ辺りで起った頃、住宅は人間が住む為の機械であると言った建築家がいた（それとも、これもコルビュジエだっただろうか）。確かにその通りであって、それと同様に、本は人間の精神を働かせる為の機械、陶器は人間の眼と触覚を楽しませる為の機械と考えることが出来る。併《しか》し人間が住む為の機械である家でさえも、自転車やタービン・エンジンと同じ条件の下に置かれているのではなくて、似たものもあるが、違っている条件の方が多過ぎて、これを機械と呼ぶのは意味をなさない。家がもし機械ならば、それが満足に動くということの中には、偶然に置いた火鉢が如何《いか》にも坐りがいいとか、窓からの眺めに春を感じるとかいうことまで入っている。機械学的にどうだろうと、壁に棚も吊れない家などというのは、勿論、落第である。機械の方はどうでもいいから、住む為のことを考えなければならない。

酒田にある本間家の米倉の脇には大木の並木があって、その根が米倉の下から湿気を吸い取り、枝が屋根に蔽い被さって温度も調節するようになっている。これと同じ精密な作用を機械に期待することは無理と思われる。我々にも時々、古い農家を改造して住みたくなるのは、懐古趣味ではなくて、我々の肉体の健全な要求なのである。

古い家

西洋は石や煉瓦の建築が多いから古いものが残っているが、日本のは木造だから長続きがしないというのは、尤《もっと》もらしい嘘である。英国などは十五世紀、十六世紀に出来た木造の家が残っているのが珍しくなくて、そういうのが並んでいる町は落ち着きがあっていいものだし、それよりも、長続きしない筈の日本で法隆寺や唐招提寺などの寺や、大阪や京都の古い民家が昔のままの姿で現存しているのは、何が日本のは木造だからか解らない。

石や煉瓦ならば残るというのも当てにならないのは、ローマのことを考えただけでも明かな訳である。アウグストゥスは大理石で出来ていたローマを黄金の都市に変えたかも知れないが、そのアウグストゥスのローマは今日殆《ほとん》ど跡形もなくなり、そうして姿を消してから既に何世紀もたっている。中世紀のパリにも石造建築は多かったので、その中で現に残っているのは、ノートル・ダムの寺院の他に数える位しかない。木ならば焼けるという考えがあるのだろうが、石の建物も焼けるばかりでなくて(ローマは何度焼けたことか)、人間の手で簡単に壊される。

火よりも、この方が恐いのであって、建物が人間にとって不必要になれば忽《たちま》ち崩され、別なのがそこに建てられる。石に限ったことではなくて、アメリカでは建築業者が盛《さかん》に運動して鉄筋コンクリートの建築でも、四十年以上は建っていないそうである。日本の寺、或《あるい》はどうかすると東京にも残っている民家と比べても、鉄とコンクリート程脆いものはないという感じがする。そして又一方、エジプトのピラミッドも、中南米のトルテック文化の遺跡も原形を留めていて、アテネのパルテノンもトルコ人が火薬庫に使いさえしなかったならば、殆どペリクレス時代通りの神殿が今日でも見られたに違いない。石だからではなくて、人間に壊されなかったからである。木と石で出来た日本の城は今日残っているのもあり、いないのもあって、残っていないものの大部分は徳川時代と明治維新に人間の手で丹念に取り払われたのだった。

それに附けても面白く思われるのは、支那では万里の長城を除いて、清朝以前の目ぼしい建築が何一つ現存していないことである。これも全く人間の意志によることなので、古い名画はこれを模写して原画を破棄し、陶器も王朝が変る毎に前の時代のものはなるべく壊して、新たに窯を起して焼く習慣になっている国で建物だけが大事にされる訳はない。正倉院は広い空地の中で立ち木に囲まれているからと言われるが、それよりも問題は、そういう木を燃やすのはやさしいことでも、その為に木造建築が燃えるとは決っていなくて、正倉院は広い空地の中で立ち木に囲まれているからと言われるが、それよりも問題は、そういうこともしてこの建物を残して置こうとした人々の気持である。後は、人間の生涯と同様に、運だということになる。鉄筋が四十年で、石は何千年も持つこともあれば、人間よりも寿命が短いこともあることを思えば、これは材料そのものの耐久力を離れて、運だとでも言う他ないのではないだろうか。残そうとする人間の意志と、これに逆うものが作用し合って、その結果は予断を許さない。

併《しか》しその中で残ったものは、長い生涯のうちに自信と諦めが生じた人間のように美しい。いつでもという気持が時間と平衡を保っている。ついこの間まで長押《なげし》に槍が三本掛っていた岩国の古い武家屋敷で、石で畳んで木を盆栽風に仕立てたそこの庭を眺めながら、そんなことを考えた。

庭

庭というのは、この頃は殆《ほとん》どその観念までが失われていはしないだろうか。庭になるだけの空き地がある家が少くなっただけではないので、空き地があれば、そこに庭が出来るという訳のものではない。寧《むし》ろこれは一間か二間、何の役にもたたなくて誰も使わない部屋がある家がなくなったのと同じであって、今ならばそういう家があっても、大概その余分の部屋を貸している。昔は中庭と言って、それこそどうにもならない、ただ建物に囲まれてじめじめした五坪か六坪の本当の空き地があったりしたものだった。そういうものから、庭の観念が生れて来る。

そして勿論、それをぶち壊したのは戦争である。少しの空き地でも利用して食糧の増産に精を出すことになれば、在来の庭というものも意味をなさなくなって、芝生は掘りくり返し、小高いところは地ならしして薩摩芋でも植えることがそれまで庭だったものに取って代る。その下に防空壕を掘れば、体制は整った訳で、何の為の体制か解らないが、兎《と》に角《かく》、地面の上の空気は呼吸用と考えれば、無駄な場所は一つも残らなくなる。庭とは反対のもので、戦争がすんだ後は、今度は庭が作りたくても、それに必要な暇と空き地がなかった。そしてその両方が又あるようになった時は、既に庭というのがどういうものだったかは忘れられて、それで今日、多くのものが園芸に凝っているのではないだろうか。花を作るのは薩摩芋を植えるのと違うかも知れないが、食糧増産のことがなかったならば、今はもとの赤土がむき出しになったいい庭に戻っているのが、花壇や温室で足の踏み場もなくなっているということはある。

併《しか》し庭は、散歩する為のものでもない。空き地は食糧増産に利用するという考えが普及する前は、家に空き地があれば、そこに木を植えたりして恰好を附けるのが普通で、だから、庭がある家に引越して来たならば、そしてその頃は大概庭があったが、なるべく手を附けずに引越して来た時の通りにして置く方がよかった。前にいた人間が恰好を附けた跡は時間がたつうちに程よく消えていて、そこにあるものは要するに、庭であり、庭の木の葉が落ちたり、又、芝生があるならば、芝の葉の先に朝露が光ったりしたものだった。赤土ならば、赤土にも日が差した。余分の部屋と同じで、何から何までこっちの計算ずくで行かなくてもいい、言わば、こっちの手が届かなくて、届かなくてもすむ場所があることが救いだった。その意味で、庭は自然を模したものなのである。

又そこから出発して、庭を幾らでも壮麗に、又大規模なものにすることも出来る。燈籠や彫刻や、噴水や湖があっても邪魔にはならないので、どうかして歩き廻っていて綺麗だと思うことが出来るならば、それに越したことはない。名園は押し売りをしないもので、気が附いた時にそこにあり、普段は空気と一つになって我々の頭から消えているものである。ヴェルサイユの宮殿の庭も、その積りでいれば美しいし、親みさえ生じる。併し今はヴェルサイユどころか、家の廻りに空き地があることさえ、都会では稀になって、これはいつか昔に戻る時が来るとは思えない。そうなると、公園や往来に出る他なくなって、それが自分の家の庭も同然になる為には、先《ま》ず公徳心を養わなければならない。何の役にも立たないものを、何もしないで楽む所まで行くのにも、訓練が必要なのである。

自然

自然のままというのは何でもないことのようであって、そんなに何でもないことではない。我々がもの心が附いた頃のこと、又それ以来のことを考えて見ればいいので、人間には色々なことをする能力と、それを選択する自由が与えられていることが、自然という点から見れば既に不自然なのである。少くとも、何をしてもよくて、どれをしなければならないという必要がないことは、我々を子供の時から戸惑いさせるのに充分であって、人間以外の動物にはこれがない。凡《すべ》ては本能が教えてくれて、狼狽《ろうばい》しても、それは本能に従ってであって不自然ではない。そしてもっと智能が発達した動物は、本能に従って自然であるという一つの明白な状態を尺度に、自分で選択する余地があるのを楽んでいるのだと思う。

人間はそうは行かない。どこを見ても選択する余地があることばかりで、生きていることに就《つい》てさえもその自由があるのは、子供も自殺することがあることで解る。本能はそうなれば、我々の生活の僅かな部分しか占めないことになって、本能に従って腹が減っても、まだ何を食べるかを自分で選ばなければならない。恋愛も本能の仕業と見られないこともないが、これもその為に相手が決る程強く働く訳ではなくて、自分が経験しているものが恋愛であるかどうか、判断に苦《くるし》む場合さえ多い。そして何よりも、人間はものを考えることに掛けては完全に自由である。考えるだけのことならば、我々にはどんなことでも考えられて、選択するにも、そこにはその基準になるものがない。そして我々人間の生活には、考えるだけですみ、それが凡てであることが決して少くないのである。哲学というものが生れた事情を例に取ってもそのことは明かである、そして我々はそういうことに就て、ただ自分を頼りにする他ない。

これは、草木が地面から生えて、平地の上に山が聳えている自然の状態とは非常に違ったものである。どこにも微妙な法則の網が張り廻らされていて、凡てが無言でその秩序の下に置かれている時に、人間だけがその範囲外にあり、少くとも、自分が適用を受ける法則を選ぶ自由を始終与えられている。そして選ぶ場合の根拠になるものからも一応は切り離されているのだから、まごついたり、思い悩んだり、焦ったりするのは当り前で、自然の秩序にこれ程反するものはない。それが生意気や思い上りや、知ったか振りや、未練や、恥知らずや、解らず屋などの、凡《およ》そ不自然な態度を我々に強いる。子供からして、或《あるい》は子供だからこそなお更そうなので、子供で自然な状態にあるのは老子が言っている通り、女の子の赤んぼ位なものに違いない。

その上に、我々に与えられた能力は使わなければならない。そうしなければ、能力の方で承知しないので、それが又我々にとっては落ち着いていられない原因になる。手っ取り早く言えば、我々が自分の能力をまだ験して見ないで、それが自分にとっても未知のものである間は、我々は不自然な状態にあるので、木は自然に成長するのに、我々は我々である為に、つまり、自然になるのに年月を掛けて秘術を尽すのである。併《しか》しそのうちに、自分というものの限界が解って来る。それは自分の姿が自分にもはっきりすることであって、そうなれば選択も自然に行われるようになる。我々が大人になって自然な状態に達するというのは、人工の極致なのである。

我々の体

昔のキリスト教徒の中には、修業の妨げになるというので人間に体があることを一つの欠点に考えたものもあったようであるが、人間以外の動物には行動の基準になる本能があるのに対して、我々に我々の体があることは何と言っても有難いことである。宗教に凝っていて、その世界に就《つい》て確信を持っていれば、感覚の尺度としての体があることは却って邪魔になることは認めても、宗教家がどう説こうと、我々人間にとって宗教が凡《すべ》てではないのであり、宗教というものとは全く縁がなくても人間は人間であり得るので、ただ我々の頭が勝手に色々なことを考えてその判断を我々に求めるのは、その場合にしっかりした手掛りがない我々にとって共通の悩みである。

実に摑みどころがないことに就て判断を下さなければならないこともあって、その不愉快なことと言ったらない。我々がどんなことを考えようと、外界に変りはなくて、その知らん顔をした有様を前にして我々は頭の中だけでのたうち廻る。これが釣りとか、大工仕事とか、何かそういう外界に属するものが相手の取り組みならば、少くとも、我々がしていることの成果に就て刻々に手ごたえがあるが、ただ考えごとをしている時は、我々はどっちに転ぼうと実際は痛くもかゆくもない世界で、どうかすると気が違いそうになる程思案に思案を重ね、その挙句に必ずしも自信がある結論に達する訳ではない。それは、人生という風な抽象的な問題であってもいいし、またそれが他人に関するいざこざであっても、その他人がやはり我々と同じく訳が解らないことを考えて、それに動かされて生きている人間なのだから、何もよりどころがない点では抽象的な問題と変らず、本当の所はこれも一種の抽象的な問題なのである。我々は一生のうちに、或《あるい》は一日の間にでも、何度これに悩まされて暮していることか。

そしてそういう時に、我々に体があって五官が備わっているのは、我々自身までがそのような雲や霞に似た存在ではないことを感じさせてくれる。頭痛がすれば、頭はずきんずきんと痛んで、そのことに就て見解の相違が生じたりする余地はない。御馳走は旨いし、喉が渇けば水が欲しくて、もしそうでなければ、これは頭の調子が悪いのだとはっきり結論することが出来る。このことを懐しく思わないものは、真剣に考えごとをしたことがないのである。そしてこの体の感覚は、我々の考えが宙に浮いているか、いないかを決める尺度にもなり、我々に確かなことというのはどういうことか、又そのことから更に、抽象的な問題の世界にも確かなことと不確かなことの区別があることを教えてくれる。

そして一番、根本的なことは、我々は我々の体がなくては生きて行かれない。恐らく、ローマ人が健康な精神に就て述べたことは、要するに我々の精神が宿る場所が我々の体であることを指して言ったので、人間が、所謂《いわゆる》、思想家さえも、絶えず自分の体を働かせて暮していた時代には、これは人に教えられるまでもないことだったのが、今日では時々思い出して見なければならないことの一つになった。体をつねって、夢か本当かを験す古くからの方法もあるが、それよりも自分に自分の体というものがあることをいつも忘れずにいた方がいい。我々と外界の間に我々の体があって、この二つの交渉を調節してくれる。そしてこれは、肉体派などというものが知ったことではないのである。

彫刻

ローマのテルメ博物館には首がもげて、胴と手足の一部しか残っていない円盤投げの選手の彫刻が陳列してある。こうなる前はどんなだっただろうと思う気も起らない位、見事に均整が取れたもので、サッフォの詩の断片にも似て眺めるものを満足させてくれる。これが人間の体というものなのだということを改めて感じさせて、人間が今日までに地上でして来たことと比べても、人間の体を少しも恥じる必要はないことが解る。

我々が人間と言う時に、その観念に人間の体の印象がどれだけ密接に結びついているか、我々は普通は考えずにいる。併《しか》し体がない人間というのは意味をなさない位、この二つは我々の頭の中で一つになっていて、体のことを思うことで人間の観念は始めてはっきりした形を取り、神、或《あるい》は神々に人間の形を与えた時に、その観念も漸く人間にとって具体的なものになったのかも知れない。少くとも、宇宙が我々と同じ恰好をしたものに支配されていることになった時、人間は未知のものに対する親みがそれだけ増したのに違いないので、それは恰好が同じならば、感情の動きもそう人間の理解力を越えたものではないという考えがそこに生じるからである。そしてそういう見方をするのに充分な程、人間の体は美しいことを、円盤投げの選手の残骸はもの語っている。

同じ博物館に首がないヴィーナスの彫刻がある。確かキュレーネのヴィーナスと言ったのだと思うが、これは首の他は肢体が完全で、両手を拡げて立っている様子は、殆《ほとん》どそれが彫刻であることを忘れさせる（そしてこれも実際は、両手の先位は欠けていたのかも知れない）。胸の辺りが素晴しくて、そこに差す光線の具合からか、海が横たわっている感じがする。辺りが暗くても、日光を浴びて立っているようで、テルメ博物館は大きくて陳列品も多いが、今でも思い出すのはそのヴィーナスと円盤投げの選手である。明かにこの彫刻が作られた頃は、神々は人間の投影、或は原形だったので、驚嘆は先《ま》ず人間とその体に対して生じたのでなければならない。それが画家や彫刻家を駆り立てて仕事に向わせたのは当然であって、ヨーロッパではルネッサンスまでの作品がこの関心に活気を得ている。

ダ・ヴィンチに就《つい》て、ヴァレリーはこう言っている。

「……彼は人間の肉体に最大の興味を持っていて、その高さに就ては薔薇の木の枝に咲いている花がその口の辺りまで届き、大きな鈴懸《すずかけ》の木はその高さの二十倍もあって、そしてその枝は髪の毛の近くまで垂れ下っていることを知っている。彼にとってこの人間の姿はその周囲に想定される部屋やその姿が基準である円天井の下や、その歩行の範囲を決定する自然の場所の中心になっている。彼は停止する足の地面への軽い墜落を見守り、又肉体の中で音を立てずに骸骨が動くのや、歩く際にそれを可能にする種々の動作の一致や、又温いとか涼しいとかいうことが裸体の表面に及ぼす作用、そしてその裸体は白や褐色を呈していて、各々一箇の機械に被せられているのだが、彼は凡てそういうことに注意する。そして顔というこの、他のものを明るくし、他のものによって明るくされる、眼に見えるものの中で最も個別的であって、又最も魅力があり、そこに何ごとかを読み取らずには眺めることが出来ないものに彼は憑かれている。……」

博物館

名所旧跡、それから博物館などを丹念に見て廻ったりすることが出来るのは、専門家は兎《と》も角《かく》、我々普通の人間は、まだ美術とか文学とかに後になって見れば不当に思われる程の要求をして怪まない青年時代のことである。その、解ろうとする努力は大変なもので、それでもっと時間がたってからでは我々が素通りする危険があることも、その時代には我々の頭に入る。この頃のように団体でどやどやと博物館を一廻りして又出て来るのでは、まだしも文化映画でも見た方が意味があるのではないかと思うが、一人で陳列室から陳列室へとうろついている青年がいたら、無駄な質問などをして邪魔をしてはならない。

その青年の眼から見れば、そこにあるものはただの絵や彫刻や、古代の器物ではなくて、何れもまだ自分では知らない人生、又それを豊かにしている人間の優れた業績に就《つい》て何かを摑むその出発点なのである。何度も見ているうちに、急に自分の眼が開かれた感じがする。或《あるい》は、それがいきなり起ることもある。そしてそうすればそれが病み附きになって、開かれた眼を通して何度でも見たくなる。その昔、奈良の博物館に岡寺の弥勒菩薩《みろくぼさつ》がいつも博物館の同じ場所に陳列してあって、殆《ほとん》どこれだけが見たくて年に一度は奈良まで出掛けて行ったものだった。小さな銅製の仏像で、その顔に差す光線の利用の仕方も巧妙を極めていた。仏像も、眺めているうちにはそれが仏像であることを忘れる。そしてこの岡寺の弥勒菩薩はこれを見た途端に、この像が暗示する得体が知れない静寂の世界に引き入れられた。

パリのルーヴル博物館にあるミロのヴィーナスは、これが陳列してある部屋に行ってただ見るだけでなしに、部屋の隅に置いてあるベンチに腰を降して暫《しばら》くいるといい。太陽が廻るのに連れて光線の差し方が変り、その加減で彫刻も少しずつ別な姿のものになる。そのことに最初に気附いた時の驚きは非常なもので、ヴィーナスが台から降りて来たとしても、より多く打たれるということはなかったかも知れない。影が移って行くのは、その影が差しているものが動くのに似ていて、それがこの世で恐らく最も美しい彫刻の一つであるならば、ここでも海というものが与える感動を持って来る他ない。男の体の構造は動くのが目的のもので、女のは動いても安定を失わないようになっているから、秀抜な女の裸像を見ると、海を思うのだろうか。

ルーヴル博物館にはこの他にもサモトラケの勝利像とか、それから名画が掃き捨てる程あったが、ロンドンのトラファルガーの広場に面した国立美術館には絵だけが集められている（彫刻は大英博物館にある）。これも、その大部分が名画で、ボッティチェリの「キリストの誕生」とか、ティツィアノの「バッカスとアリアドネ」とか、フランチェスカとか、レムブラントとか、どの絵がどこにあるかを覚えると、それだけのものが中で待っていることを思って、美術館の入り口まで来るだけで熱が出たのに似た気分になった。御馳走を食べるのにも、先《ま》ず料理屋に行って献立を見て、と色々手間が掛るのに、ここでは歩くだけで目指す絵の前まで来られた。あれは文字通りに、宝の山だったのである。尤《もっと》も、今ならば、そんな場所を廻ることはしないだろうと思う。そこにあるということが解っていればいいので、それはもう前に確めて置いたことなのである。

バー

博物館などを廻ったりしてから、人間はバーや飲み屋に行くようになる。或《あるい》は、必ずしもそうでなくても、そういう場合もあることをここに記して置きたい。そして博物館に行って我々が求めるものが芸術や文化や教養や知識人とは決っていないのと同様に、バーにあるものが人生だなどと、勿論、誰も思ってはいない。バーや飲み屋にはそんなものよりももっと貴重な酒があって、人生の方は我々がどこへ行っても、いやでも附いてくる。

酒と言うと、酒が自分の前に置かれて、飲んでいるうちにいい気持になる。こんなに旨い仕掛けというものはないので、その本当の味を楽む為にも、家を出る必要がある。家でならば、黙って自分で一升びんを開けてお燗して飲むことも出来るが、自分の家というのは自分の感じが強過ぎる場所で、それ故《ゆえ》に泰西名画の複写などを掛けて置いても、却って邪魔に感じられることの方が多いものである。酒も同じことで、寝ても覚めてもお馴染みの自分の影を相手に飲むよりは、誰もが大体同じ人間になる街中に出て飲んだ方がいい。いつも同じ自分の世界を離れて、博物館で名画と向き合ったのならば、飲み屋でお銚子を取り上げる時、我々はもう玄関のベルが鳴ったなどということを気にすることはない。今度は自分ではなくて、酒が相手になってくれる。日頃、頭の中で行われている対談は断たれて、ただそのままでいれば、それで寂しければ寂しさを感じる世界が開けて行く。

バーに通いたては、それが何と言っても魅力だった。飲み屋よりもバーを好んだのは、当時は今とは反対に、日本酒は飲み方が解らなくて酔えなかったからで、洋酒ならば、がぶ飲みをしているうちに、風呂に漬って窓から外を眺めているような感じになって来た。思うに、我々は何をするのにも努力することが必要であって、名画でも、或は名画であるからこそ、こっちはもう沢山なのに無理に頭を引き締めてその方に向わずにはいられなくさせる作用があり、こっちは殆《ほとん》ど何もしないで向うが一切を引き受けてくれるのは、この広い世の中で酒だけである。ウイスキーを半本飲んだ時に、始めて人間が気絶もせず、眠りもしないのに意識を失うことがあることを知った。これは余り有難いことではないが、そんなに飲まなくても、いつもの意識のざわつきが止む所までは直《す》ぐに行けることが解ったのは見附けものだった。酒の味には、それがただのウイスキーの味でも、初めから何かそこへ誘うものがある。

銀座のバーもこの頃はものものしいのが多くなり、それにバーに行くことが文化人がすることの一つに加えられて、そう広告で言っているように気軽にお立ち寄りになることは出来なくなったが、昔のバーはもっと簡単で、部屋に椅子と卓子がある脇に棕梠《しゅろ》の鉢植えが置いてある位であり、それにどことなく薄汚くて、ただ飲みに入るのに遠慮することはなかった。そして飲んでいても放って置いてくれたのは、今から思えば懐しい。勿論、女給さんはいたが、これが寄って来るのは商売であって、それも規定の五十銭の料金を払えば、こっちが何を言おうと、或は、言うまいと構わなかった。どうもこの頃は、偉い人がバーに行き過ぎるようであり、それでこれは本当に一種の社交場になって、飲むことが二の次に押しやられる。併《しか》しそんなことを言って見た所で、万事がそういう風に世智辛くなって来ているのだから、仕方がないのである。

飲み屋

東京にまだ飲み屋と呼べるものが残っているのは、やはり伝統の力だろうか。バーも初めは洋酒を飲む為の場所ということで日本に入って来たのが、客寄せに色々と趣向が加えられて、今ではただ飲むだけのバーというのは探して廻らなければならなくなった。第一、綺麗すぎて、金持の家で飲んでいるようで落ち着いた気分になれない。そしてバーテンから女給さんまでサービスに一生懸命で、それもこっちをそわそわさせる。

本当は、飲み屋も壁が落ち掛っている位なのがいいのである。つまり、家にいて飲むのでは税金の催促その他、気になることが多過ぎるし、後片附けが大変だから街に出て飲むだけの話で、自分の家と違って磨き立てた所よりも、やはりその点では自分の家の延長とも見られる店の方が一杯やりたい心地に背かない。併《しか》しそこはやはり競争で、この頃は飲み屋も時には店の改造をやったりするが、飲む為の店という伝統を守っていることに掛けては昔と変りがない。飲み屋、つまり、飲む店である。だから、これには種類が色々あって、小料理屋と呼ばれているものも、蕎麦屋も、寿司屋も、別に日本酒も出して蕎麦や寿司を注文しなくてもよければ、飲み屋のうちに入る。鰻屋も、と言いたい所であるが、鰻を焼いている間に旨い酒を飲ませてくれて、そのうちに鰻が出来て来て又飲むというような鰻屋は、この頃はただ飲む為だけのバーと同じ位珍しくなった。

蕎麦屋ならば天麩羅か何かを頼み、寿司屋では種を切って貰う。変なもので、バーとかビヤホールとか、もともとが飲む為の場所で飲んでいる時はそれが何故か目立つのに、小料理屋を含めて蕎麦屋その他の飲み屋では、他の客が飲んだり食べたりしているのに囲まれて飲んでいて、少しも人の注意を惹くことがない。これは洋酒や生ビールが、まだ本当に我々の生活の中に入って来ていないからだろうか。それで皆が皆、ジョッキを上げたり降したりしていても、まだどこかぎごちなくて自分がビヤホールにいることが忘れられないのに対して、食べもの屋で日本酒を飲むのは昔から当り前なことになっているから、それで誰にも気兼ねしないで飲めるのだということも考えられる。ということは、飲み屋の中でも我々の周囲に生活があることは他所《よそ》にいる時と変らないということなので、街を歩いていていて店に入り、飲んで又出て来るこの気分は、どんな肴よりも我々の酒を助けてくれる。

酒を飲むというのは、百貨店に行って買いものをしたり、手紙に切手を貼ってポストに投げ込むのと同じ当り前なことであって、これを少しでも派手なことに仕立てれば、それだけ我々が飲む酒はまずくなる。勿論、食べるのも当り前なことであって、そしてどうかすると着飾って御馳走を食べに行くということもある。併しこれは、食べること自体を何か特別なことに考えているのではなくて、食べることも含めて贅沢なことをやって景気を附けているのであり、その意味でならば白い夜会用のネクタイにエナメルの黒靴で、一流の西洋料理屋やバーに寄っても可笑《おか》しいことはない。併し飲むということは、当り前なことなのである。昔からそうだったので、日本製のクリスチャンなるものを除いては、このことはまだ一般に認められている。そしてその当り前なことをやりに出掛けて行くのに、今日でも飲み屋が残っている。

カフェー

これは日本のカフェーのことではない。まだ子供の頃、電車に乗っていて当時の不良少年の服装と察せられる異様な身なりをした人物が頻りにカフェーの話をしているのを聞いたことがあって（その人物はこれをカフエーと四音節に発音した）、そのカフェーというのはどんな陰惨な罪悪の巣窟なのだろうと思ったが、後になって実際にその一軒に行って見て、バーをもっと大きくしてけばけばしくしたものに過ぎないことが解《わか》って失望した。

カフェーに似たもとのフランス語はコーヒー、或《あるい》はコーヒーを飲ませる店を意味している。だから、バーをけばけばしくしたものでも、又、喫茶店でもなくて、どうしてそれが日本のカフェーになったのか不思議であるが、フランスにも日本のカフェーのようなのがどこかにあるのかも知れない。併《しか》しコーヒーを飲ませる店ならば確かにあって、そのことがここでは書きたいのである。コーヒーを飲ませる所で喫茶店でないのは、一つには恐らく領土の関係からフランス人が紅茶ではなしにコーヒーを飲む為で、日本の喫茶店も主にコーヒーを出すことを思えば、フランスのカフェーも一種の喫茶店と見られないこともない。それが、多くは町の大通りに面して日除けを降し、椅子や卓子を歩道にまではみ出させている。何軒も並んでいて、どこの店が殊にいいということはないから、入るのに選り好みする必要もない。併し習慣で一つの店に行くようになることもあるのは日本の蕎麦屋や寿司屋と同じで、ただそれだけの話である。もともとが一種の腰掛け茶屋なので、定連が幅を利かせたりすることは勿論ない。

それがフランスのカフェーであって、名目はコーヒーを売る店なのであるが、それよりもこれは実は、何もしないでぶらぶらしている為の場所なのである。そして何もしないでいるのにも道具がなくてはならないから、コーヒーを出し、その他に安ビールを含めた酒類もあって、簡単な食事も出来るし、頼めば便箋と封筒、それにペンとインクも持って来てくれる。新聞は幾通りか綴じて置いてある。だから、カフェーに行けば、そこで手紙も書けるし、新聞も読めるし、そして飲みものや食べものにも不自由せず、フランス人の多くはこういうカフェーの一軒で朝の食事をして、それから一日中そこにいても誰も文句を言うものはない。手紙を書いたり、新聞を読んだりする必要が起る毎に、どこかに行かなければならないなら、同じ場所にぶらぶらしていることは出来なくて、それでカフェーには凡《すべ》てそういうものが揃えてあるのである。

従って、本当に何もすることがなければ、そういう人間が行く場所であることがカフェーの役目である。町中であって、人や乗りものが通るのを眺めているだけでも時間がたつし、飲みものでも何でも何か注文してしまえば、後は一時間でも、一日でも、カフェーの人達と没交渉でただそこにそうしていられる。急の用事を思い出したならば、電話があり、そのうちにまた喉が渇いて来れば、これは説明するまでもない。そして飲みものを飲むのも、電話を掛けるのも、何かすることのうちに殆《ほとん》ど入らなくて、こういうことを書いたのは、日本にもこのような場所があったらどうだろうかと思うからである。皆とても忙し過ぎてと言われるのに決っているが、日本にもまだ隠居というものが残っているのではないだろうか。そして偶《たま》にカフェーで隠居した気分になるのも、命の洗濯になるような気がする。

日本の場合

日本で例えば一日、何もしないでいるのは容易なことではない。家でごろごろしていればよさそうなものであるが、これは家で酒を飲むようなもので、いつどんな用事を持って来た人間に摑まるか解らないし、飲んでいれば、まだ断る理由があっても、朝から飲んでいる訳には行かない。それに、これも家で飲むのと同じことで、家にいれば、そこにいやでもある自分の日常生活の刺戟を受けて、何もしていなくても、何もしていない気分になれないのである。

これがフランス人ならばカフェーに行き、英国人ならば、十五マイル離れた他所《よそ》の町まで散歩に出掛けて、そこで昼の食事をして又歩いて帰って来るだろうが、同じ何もしないでやれる暇潰しが目的でも（英国人の散歩癖は、それが性分なのだから仕方がない）、我々日本人には行く所がない。夏の日の暑い盛りに用事で駈け廻っていて、一時間ばかり暇が出来た時に、どこか気軽に昼寝をさせてくれる所があったらどんなにいいだろうと思うことがある。併《しか》しそれも難しくて、喫茶店の椅子は昼寝をするのに適していないし、映画館に入れば、つい映画を見てしまう危険があり、本式にホテルや旅館の部屋を借りれば、ただ昼寝をするだけには不相応な金を取られる。一時間の暇潰しが既にそうなのだから、一日何もしないでゆっくりしていられる設備など、大変な贅沢をしない限り、望めないのである。凡《すべ》てが、映画館も、パチンコ屋も、飲食店も、百貨店も、そして喫茶店でさえも、何かする為に出来ていて、全くただもう騒々しい。

そしてフランスのカフェーの反対で、例えば公園のベンチというものがあるが、これは固い上に、そのうちに腹が減って来るからどこか食べもの屋を見附けて入らなければならず、食事がすんでもいさせてくれる所はないから、その次に行く場所を考えなければならなくて、どこかに行く途中で用事を思い出せば、公衆電話を探す必要があり、フランスならば同じ場所にいて何でも出来るから、安心して何もしないでいられるのに、日本ではすることの一つ一つを違った場所ですることになっていて、その為に払う金になるべく多くの人間があり附くように出来ている。従ってこっちも決して何もせずに、ただ時間がたって行くのを楽んでいるのではなくて、映画を見ているのであり、食べもの屋で注文したものをなかなか持って来ないので、腹を立てているのであり、公園のベンチに腰を降しているのであり、ひどいのになると、展覧会で芸術を理解したり、博物館で科学に関心を持ったりしているのである。

こうして、暇潰しはただ暇を潰すのが本当ならば、無駄に暇が潰されて行く。それがいやで、家にも帰りたくなければ、どうすればいいかと言っても、今日の日本の都会に住んでいる限り、別に妙案はない。やはり、あくせくした日々を送って、大金を溜めることである。そうすれば、何もしないでいることが出来て、例えば円タクを一日借り切りにして公園をぐるぐる廻らせ、必要な時に料理屋やビヤホールの前で車を止めて、又ぐるぐるとやらせれば、少しはフランスのカフェーにいる時の気分に近くなる。町の一劃をそっくり買い占めて、どこにどれだけいようと誰にも断られなくするのも一案である。フランスのカフェーで使う二、三百フランとは大分違うが、これは国情の問題なのだから仕方がない。

生きて行くことと仕事

食う為に、ということがよく言われる。食わなければならないから仕事をして、仕事する、つまり、就職するには教育を受けなければならないから学校に行き、段々遡って、我々は食う為に生れて来ることにもなり兼ねない。実際は、生れて来たから食わなければならないのであることは言うまでもないが、兎《と》に角《かく》、そんな風にして生きることと仕事は見分けが附かない、殆《ほとん》ど同じ一つのことの両面のようなものになっている。

何か仕事をしなければ生き甲斐がないということもある。食って行ける為ばかりではなしに、仕事をする為にも人間は仕事をするのだということに間違いはなくて、一つの仕事に一生を捧げる人間もいる。そういう場合には、生きていることと一生の仕事は実際に見分けが附かない訳で、何か一つのことと取り組んで明け暮れした後に、漸《ようや》く仕事を終ってにっこり笑って死ぬという種類の生涯を、我々は別に感傷的にではなしに美しいものに思う。その人間にとって、自分が生きていることは明かに仕事を続ける為であり、恐らく途中で死んでも後悔しないのみならず、自分が死ぬということは、仕事をするものが一人減ることとしか意味しないに違いない。仕事がすんでにっこり笑って死ねるのはもっけの幸で、勿論、そういうことになるかならないかを念頭に置いていはしない。船は推進器を廻転させて進むことに喜びを感じていると考えなければならなくて、そうして進むことが船にとっては生きることなのである。

併《しか》し決してその一例ではなくて、寧《むし》ろその正反対の場合を示すものに、人生などというものは何ものでもないので、仕事が凡《すべ》てなのだというフローベルの言葉がある。これは、仕事をしていさえすればいいというのではない。ここでは仕事と人生、或《あるい》は生活ははっきり対立するものと考えられているので、フローベルにとって生きていることは無意味なことでありながら、僅かにそれを救うものに仕事をすること、つまり、作品を書くということがあった。そしてこれは本当なのである。この世に生きることがこの世の秩序に自分を任せることであるならば、仕事というのは何かの形で自分で一つの秩序を作り出すことであり、この二つは実際は両立せず、又それ故に、生きていることなどどうでもいいからこの仕事だけは完成したいと念じることにもなる。そしてそうやって出来上ったものは、それが一篇の小説でも、河に掛けた橋でも、或は学校でも何でも、それを手掛けた人間を離れてその人間のものではなくなり、後にはやはりこの世に生きている一人の人間が残る。

我々には、仕事をしなければいられなくする或るものがあり、そして又、我々は生きても行かなければならない。この二つは一致する場合もあるが、厳密に言えばこれは両立しないものなので、長い間掛って一つの仕事をしている時に、どうかするとやり切れなくなることがあるのは、その為である。併しそれでも我々は、殊に我々に少しでも才能に似たものがあれば、仕事を続ける。そして幾つかのことを仕上げて行くうちに、しまいには、もう沢山だという時が来てもいいのではないだろうか。仕事をしていれば、自分に出来ることの限界も解って来る筈である。つまり、したいことは何でも皆してしまって、後は暇潰しにビヤホールにでも出掛けて行くという境地、そこまで辿り着きたいので仕事をしているのだと、時々思うことがある。

暇潰し

その昔、花森安治氏と話をしていて、我々があくせく原稿を書いて功成り、名を遂げ、というのは要するに、金持になった後には、世の金持でも、殊に成金どもがするように骨董を買い込んだり、茶室を建てたりするという風な馬鹿な真似はしないと申し合せたことがあった。実際、どうかしているので、仕事をしている間は骨董をいじくるのも、茶筅をひねくり廻すのも何かの刺戟になるかも知れないが、もう自分の仕事はすんだというのに、我々をそういう我々の過去に引き戻すことしかしないものにどれ程の意味があるだろうか。

その時、仕事は終って、我々がひどく健康を害してでもいない限り、まだ心行くまで楽しめる余生が広々と我々の前途に横たわる。功成って、金はあるのだから、さあ、これから何をしましょうという訳である。仕事はもう沢山で、それに似たことは一切、こっちから断る。そして例えば、そういう場合に船の旅というものがある。今は誰もが飛行機を利用して、確かに飛行機ならば、二日か三日で行ける所を、用事もある時に一カ月も掛けて航海することはない。併《しか》しこれが用事ではなくて、ただの暇潰しならば、昔風の船の旅に越すものを見附けることはなかなか出来ないのである。船が横浜、或《あるい》は神戸を出帆する頃は、まだ船旅のよさは多分に未来に預けられている。併し日本を離れて何日かたち、それがヨーロッパ航路ならば、もう直ぐに香港だという位の時になると、海の上で一月ももたもたする楽みが漸《ようや》く解って来る。

一つには、船の上での生活は単調である。東支那海やインド洋というのは荒れる時は荒れるが、静かな時は全く大きな一つの水溜りの感じで、またそうして凪《な》いでいるのが何日も続く。だから、船客がその間することと言えば、ただ飲んで食べて寝ては、また飲んで食べて寝るのを繰り返すだけで、船会社の方でもその無聊を慰める為に、三度の食事には料理人に腕に撚りを掛けさせて、その他に、朝起きるとボーイが紅茶にトーストを持って来るし、十時にはスープとソーダ・ビスケット、三時には紅茶に菓子、そして又その他にバーがある。晩の食事の前には最初に銅鑼《ドラ》が鳴って船客が正装しに船室に降りて行き、二度目の銅鑼で山海の珍味が用意されている食堂に集る。食事の後で甲板に出れば、相変らずとろりとした海の上に無数の星が手が届きそうな所に輝き、風が吹いて来て酔いを覚してくれる。

つまり、一カ月間、陸では出来ない贅沢な生活を保証されて、電話も掛らないし、郵便も来ないから、ただその生活を続ける他なくて、これは菊を東籬《とうり》の下に摘むのに輪を掛けた放心の境地である。そしてそれにも飽きて、そろそろ南山が見たくなる頃に、船はどこかの港に入って行く。ペナン、コロンボなどという名は、昔のヨーロッパ行きの旅人達にとっては、船が出帆する時の銅鑼の音とともに懐しいものだった。そしてそういう港は今でも、人生の停年に達した我々が来るのを待っている。

御覧、運河には
気紛れなのが性分の
船の群が眠っている。
あれはお前のどんな小さな望みも適《かな》えに
世界の果てからやって来たのだ。……

その年になっても、我々の傍にはまだ女がいるだろうか。いるならいるで、少しも構わないことである。

一本の酒

オマアル・カイヤムの詩を英国人が訳したのに、というのは、その訳が想像力に任せてのかなり自由なものであるらしいからなのであるが、荒野にいても、一塊のパンと一瓶の水があり、そしてお前が傍で歌っていてくれれば、自分はそれ以上に何も望まないという意味の句が出て来る。我々ならばそれを読んで直《す》ぐに、顔回《がんかい》の一簞《いったん》の食《し》と一瓢《いっぴょう》の飲《いん》のことが頭に浮ぶ。併《しか》しここで修身の話をする積りはないので、更に又、顔回の傍には誰も歌うものがいなかったから寂しかっただろうと思うものもいるかも知れない。

我々が本当に現在の状態に満足するのに、女が必要であるかないかなどということを論じるのは意味をなさない。現在の状態というのは、現在の状態であって、それには色々ある訳であり、寧《むし》ろそれで満足出来る、或《あるい》は、出来た場合を幾つか想像して見た方が、その間だけでも我々自身がくよくよしないですむ。その歴史上の例を一つ挙げるならば、藤原道長が一生のうちで望んだことを全部適《かな》えられて、月に託して作った歌がある。そして我々が道長に就《つい》て感心していいのは、それだけのことが一生のうちに出来たということではない。道長がどの位出世したか、詳しいことは忘れたが、何でも関白太政大臣辺りまで行って外戚にもなれたという程度のことだったように覚えている。併し道長は、それでもういいと思ったので、これは又、大臣になることを命と取り換えても有難がる俗物根性とも違っている。要するに、足りることを知る時に満足するのであって、それは出世した後でも構わない。

そうすると、顔回の一瓢の飲も、どうせただの水だったのだろうが、申し分がない一つの例になる。孔子によれば、顔回はそうして道を楽んでいたことになっている。道とはどうものなのか、これも確かなことは解らない。併し顔回が酒も飲まず、おでんも突っかずにこれが楽めたのならば、本当に楽んだ以上、それはもうこの頃は余り聞かなくなった所謂《いわゆる》、道学者流の道とは別なものだったに違いない。そう言えば、道楽という言葉がある。何かの道を楽むのがもし道楽ならば、顔回の道楽などは相当凝っている方で、我々も時々はおでん燗酒でこの境地に近づくことがある。つまり、その酒がただの水で、おでんがおかずなしの御飯でも楽めたのなら、顔氏はこの道の達人だったと見るべきではないだろうか。孔子と、少くともその直弟子達は確かに楽むことを知っていた。楽むのが一番いいのだと孔子自身が言っている。孟子がつまらないのは、彼には道楽の精神が全く欠けているからである。

併し今のままでいて満足していられる状態が色々な形を取る中には、据えもので斬られるということも入っている。細川侯が豊前小倉から肥後熊本に移封された後と推定される時期に、宮本武蔵が当時の藩主、細川忠利に謁したことがあって、森鷗外がそのことに就て書いている所によれば、その際に忠利の家臣の都甲太兵衛が武蔵に、据えものの心得というものを述べている。人間がいつ敵に斬られるか解らないのは、刀の前に据えられているのと同じで、又斬られる瞬間には、人間は必ず据えものになっている。太兵衛はそのことを考えているうちに、しまいにはそれが恐しくなったというのである。今日では、我々は滅多に人に斬られるということはないが、何が起るか解らない点では昔と同じである。太兵衛も、足りることを知っている人間だった。

我々の場合

武芸の達人でもないし、孔門の十哲の一人でもない我々にも、おでん燗酒の道があることは既に述べた通りである。都甲太兵衛が、人間がいつも据えもので斬られるのだということに思い当って、その事実に馴れることが出来たのは、しまいに、それでいいのだと考えるに至ったからであり、これはいつでも命を投げ出す用意があること以上に、それも含めて、今ここにこうしている自分というものを認めたことになる。自分の状態に満足せずに、人間が覚悟などするものだろうか。

それ故《ゆえ》に、我々もお銚子を二、三本前に並べて、五島烏賊《ごとういか》のするめでも嚙っている時に、いきなり機関銃の銃口を突き附けられても、命だけはお助けと狼狽するとは思えない。決して酔っ払っているからではないので、命が惜しくなるのには、現在の自分に何かの意味で不足を感じていなければならない気がする。これからどうかして損を取り返そうとか、悔い改めて立派な人間になろうとか思っていれば、命は惜しい訳である。併《しか》し我々が一杯の酒に向っている時、損を取り返すも、親鸞上人は偉かったもないもので、我々は飲みながら、自分の命はいつでも差し出すとさえも考えていない。いつでも差し出すなどというのは、何かに対して緊張しているのであって、寧《むし》ろそういう際に人に掛って来られれば、敵を倒してでも自分の命を守ろうという気持になる。そして恐らくは守り終《おお》せることになって、そんなに四方八方に眼を配っていて命が助かるのは、ただ命が助かっただけの話である。

我々が飲んでいる時は、もっと軟かな気持でいる。第一、飲んでいる人間は欲望というものを知らない。何としてでも飲みたいと思うのは飲みものがない時の話であって、これにあり附けば、ただ飲む。このことを説明するのに、例えば相手が酒でなくて女ならば、そうは行かないのである。バルザックの小説に、持主のどんな望みでも適《かな》えてくれて、ただその度毎に少しずつ縮り、しまいに消えてなくなると同時に持主も死ななければならない一枚の魔法の皮が出て来るのがあって、或る男がこれを手に入れて初めのうちはただもう仕合せであるが、やがて一人の女に出会ってこれに執着する。そして皮は減って行く一方なのは、欲望には、それが満される前よりも後の方がなお烈しくなる性質があるからである。酒にはそれがない。飲めば飲む程飲みたくなるのではなくて、飲むに従って満足を重ねて行くのである。我々は杯を手にして、それを口に持って行くことにただ満足している。

だから、これは何も酒に限ったことではない。その昔、西田幾多郎の『善の研究』を読んでいて、現在というものの観念を説明するのに、これが現在だと認めた瞬間にはそれが過去になっているという風なことではなしに、例えば登山家が一心に絶壁を攀じ登っているとか、ピアニストがピアノに向っているとかいう時、その間だけ現在であると考えていいのだと書いてあるのを美しいと思ったことがある。現在の自分を認めるのを通り越して、その自分までが現在なのである。実際は、これは一心不乱の状態というものとも少し違っていて、乱れるものは初めからそこにはない。橋の欄干にもたれ掛って河が流れるのを眺めている人間もその境地にあり、それ故に、ローマの兵隊を前に置いて幾何学の問題を解くのに熱中していたアルキメデスは、身構えさえもしなかったのではないだろうか。

他所の場所

無何有郷《むかゆうきよう》という言葉がある。荘子に出て来るのだそうで、それがどんな場所か解らないが、誰もがいい気持になって一日中ぽかんとしている浮世離れがした環境という印象を与えて、多くはその意味に使われている。それよりももう少し人間臭い所で、陶淵明が言っている桃源の地があり、それが秦の乱世を避けて山奥に分け入った人達の子孫の村だったというのが本当ならば、日本にも昔は、平家の落武者などが方々の山奥に作った桃源の地が幾つもあったに違いない。事実あったことが解っていて、ただそれが今日では、普通の日本の寒村でしかなくなっている。

その昔、まだ平家の何の何卿だの、どことかの局《つぼね》だのが平家の一族の洗練された生活様式の俤《おもかげ》を伝えて村人達を支配している時代に、そういう場所の一つに旅の途中にでも迷い込んだならば、晋の太元年間に桃源郷に遊んだ漁師と同じ気持がしたのではないだろうか。その時、世は既に北条氏に治められていたかも知れない。そして凡《すべ》てが武家風になった世の中で、平安朝末期の衣裳に同じ時代の髪の結い方をした女が高坏《たかつき》に栗でも盛って運んで来たら（尤《もつと》も、その辺の考証に就《つい》ては更に不案内であるが）、これは我々が今日、例えば京都の島原遊廓に見物に行くのとは凡《およ》そ違った感じにさせられるものだったこと位は少くとも想像出来る。「平相国の御在世中には、」などと語り出されたら、我々でもそれだけで夢心地になるのに充分であって、今様の一つも聞かせて貰いたくなるのに決っている。アメリカにも、独立戦争時代に英国側に雇われていたドイツの兵隊が脱走して作った村が、その特殊な自治制度のまま今日でも残っているそうである。そしてこうして並べて見て気が附くことは、我々がそのような桃源郷や平家の公達の村に惹かれるのは、場所の問題だけでなしに、時間的にも自分が現在いる所から外に連れ出される感じがする為ではないかということである。時代小説を読むのを地で行くようなもので、それまで苦になっていた色々なことはそれが属していた時間とともに未来に運び去られ、漢代四百年を越えて秦人になり、最明寺殿の世を離れて建礼門院と先日別れた思いをする。これを逆に言えば、それ程我々は税金だとか、雨が降らなくて断水になりそうだとか、国鉄ストがいつ又あるだろうかとかで、ただ自分だけでいる時間を奪われているものらしい。何とかいう英国の詩人が、海の底を這い廻る海老になりたいと言ったのは、同じことを意味しているのかも知れない。

海の底で海老になる代りに、どこか洋上の離れ島に行って暮すという手もある。ルネ・クレールが昔作った『最後の百万長者』という映画では、どこかの王国の王女とその宮廷で楽隊の指揮をしていた若い男が大西洋のそういう無人島まで駈け落ちして、それでも携帯用のラジオだけは残して現代文明と袂別《べいべつ》した生活を始める。ゴーギャンがタヒティ島で余生を終ったのもその為であり、我々も時にはインドネシアのバリ島に行って見たいと考える。併《しか》しそれが結局はただ、自分というものから逃れたいからではなくて(それは、どっちみち出来ない)、自分であることを邪魔されるのがいやなのなら、現に自分がいる場所で邪魔を追いのける訳に行かないということはない。そしてこの辺で話は又、荒野でも一塊のパンと一瓶の水があって、お前が傍で歌っていてくれたならば、に戻って来る。

ここ

現代文明が騒々しいというのは、一つには我々の方で自分自身と向き合って時間を過すことが稀になり、それが習い性になって、偶《たま》にそういう時間が出来ると、何とでもしてこれを避けたがる癖が附いたからだということもある。言わば、自分というのは気詰りな相手なのであって、苦言は呈するし、夢はぶち壊すしで、その誠意を疑う余地は少しもないことが解っていても、却ってその為に、我々にとって煙たい存在であることに掛けては例えば、良心の声などというもの以上だ、という風なことになる。

自分とだけでいることが出来ないのも重荷である一方、それが何やかやで暫《しばら》く続いて馴れて来ると、今度はそれならばそれで自分というものがあることなどはなるべく忘れていたくなる訳であるが、そこの所で困るのは、これが馬鹿殿様にとっての老臣のようなものと違って面会謝絶と行くことが許されず、どんな文明の世の中でも、自分が自分の傍に始終いることである。ラジオが鳴っている間は流行歌その他に気を取られていても、一日中ラジオを掛けっ放しにした後で、しまいにはその日の番組が終る時が来る。それ程ひどいことになっていないものにとって幸なことに、東京などでは騒音防止令が出来たが、そういう処置を必要にした人々の中では、そのような哀れな自分忌避の症状を呈している人間が必ず相当大きな部分を占めているに違いない。そうすると、現代文明が騒々しいということも、どこまでが本当であって、どこまでが自分を紛らす一つの言い方であり、同じ目的で自分の方で騒々しくしていることなのか解らなくなる。

そしてそんな風に考えて来ると、今日はマス・コミの時代でどうのこうのということも、そこから得られる結論がかなり怪しいものにならざるを得ない。マス・コミの時代だから皆が週刊誌を読み、ラジオががなり立て、アルバイトの学生が選挙の応援に狩り出され、観光バスが静かな田舎を荒すのではなくて、自分と二人切りでいることを恐れる人間が経営者にとって採算が取れる数だけいるから、週刊誌が読まれ、ラジオの聴取者が殖《ふ》え、テレビが売れ、選挙の候補者が安心して嘘八百を並べ、観光バスが都会の埃を田舎に運ぶのではないだろうか。少くとも、こういうものが全部なくなってしまった場合、それを喜ぶものと不平に思うものとどっちが多いかと言えば、不平に思うものの方が圧倒的な数に達するのに決っている。そしてこれはマス・コミの時代のせいではなくて、各自の責任である。

直《す》ぐに署名運動を起したり、反対を決議したりしたがるのも、そうして多勢の他人と手を組んで自分がいることを忘れたい傾向の現れであることを序《つい》でに指摘する積りでいたが、そんなのは解り切ったことである。それに限らず、現代文明を騒々しくしている大部分のことは、我々自身の要求に基いたものであって、その要求が少しも褒めたものではないことに就《つい》てはマルクスもフロイドも我々の肩を持ってはくれないことに思い当るならば、寂しくなるものもいるに違いない。その寂しさから又もう一度、自分の傍に戻る工夫をするのも一案である。現代文明は長いものに巻かれることを我々にとって容易にしてくれて、我々はそうして巻かれているその辛さを漸《ようや》く知るようになった。それがいいことでなくて何だろうか。

昔通り

臼井吉見氏がどこかで書いていたが、大出版社が今はマス・コミの時代だからと言って月に百点も新刊書を出す大量生産の方針を取って潰れるのは、本を書くという仕事そのものが大量生産とは反対の、多分に手工業的な作業なのだから、そこに無理が生じるのは当り前だというのは本当である。結局、この場合にそういう出版社に出来ることは既に単行本で出た古い本を新書判や文庫本の形でもう一度刷り、新聞や雑誌に書く原稿の程度のものを方々から集めて講座などに仕立てることで、こうして点数は揃うが、読者は附いて来ないから、費用を掛けただけ損になる。

時代が変ったから、何もかもが変ると考えるのは危険である。昔は蠟燭一本の明りで本を読み、今はその五十倍、百倍の照明を使って眼を悪くして、それがどうしたのだと或るフランスの批評家は書いている。本の生産も、戦後は戦前と比較して部数が飛躍的に多くなった。その為に、本の値段が一般の物価並に高くならなかったのは有難いが、戦後の本の売行きが示す数字をそのまま信じることは出来ない。読者というものも、著者とともに少しずつ育てて行かなければならないものなので、このことは今と昔と少しも変りはない。戦争中の、本がなかった時代の後を受けて、戦後は本と見れば何にでも飛び附く人間が確かに出版界を賑した。併《しか》しこれをそのまま読者と考え、その数を出版部数の目安にすることは許されないことが解って来たのは、漸くこの頃のことである。

戦後の騒ぎで、兎《と》に角《かく》本を買って読む癖が附いた人間が読者ならば、その数は戦前の何十倍か、或《あるい》はそれ以上に殖えた。併しこれはまだ自分の力で本を選択し、良書を見分け、自分の好みに適《かな》った著者が誰であるかを知っている所謂《いわゆる》、読者ではないので、その何よりの証拠が、ベスト・セラーというものの登場である。本を買うことは覚えても、どれを買うという目標がないので、自信がないままに流行に従って取り上げるのがベスト・セラーであって、自分の好みではないから、出版社の方が又同じ水準と性質の本を出しても、それを買ってくれるとは限らない。恐らくは、その頃になれば、傾向も何も凡《すべ》て違った別なベスト・セラーに飛び附くのである。併し出版社は学術的に優れた著述とか、文体がしっかりした小説とかいう、はっきりした要求がある読者層を摑んで、その為に出版して行くことで始めて安定した商売が出来るのであり、このことも、昔と少しも変っていない。変っていないから、ベスト・セラーを追うということは商売の上からも許されず、それをやっていれば必ず失敗する。

読者も本を読んでいるうちには理解力も増し、自分がどんな本が読みたいかということも知るようになる。その自然増加によって、戦前は三千だった読者が今は一万になっていると見ていいだろうか。つまり、戦前は千から三千までの部数を狙った出版社が、今は三千から一万までを狙ってよくなった。マス・コミの影響がそこに全く見られないのは、その三千から一万まで出るしっかりした本を書く人間が、昔通りの著述家の態度で書いているのと同じである。ラジオが普及すれば演奏会がやれなくなるとか、映画が発達すれば演劇が衰えるとかいう見方を覆したものが、ここでも働いている。我々が住んでいる時代がどんなであっても、それを少しも恐れる必要がないのは、これも昔通りではないだろうか。

機械文明

ジェット機とか、北極圏航路とかいうものが出来て、ヨーロッパまで一日とか二日で行けるようになると、もう本などというものそのものが古くなって、やがて何かもっと便利な伝達の方法で数十万、数百万の人間が短時間に知識を吸収する時代が来ると思ったりする程、機械文明の発達には人間の頭を混乱させるものがあるらしい。そしてその為に、初めに人間が機械を作って、今はその機械に人間が使われているということになりもする。

不思議なことに、人間は自分で作った機械に驚かされることを大分前から繰り返しているので、鉄道が敷かれてこれに乗った人間が、これからはどんな世の中になるだろうと思ってからもう百年はたっている。日本にそういうものが紹介された時、我々日本人もやはり驚かされた訳であるが、明治時代の我々の祖先はもっとしっかりした頭の持主で、別に狼狽はしなかったようである。併《しか》し兎《と》に角《かく》、新たに出来た機械に人間はやがて馴れて、そして機械というものが次の段階に達すると、これからはどうなるのだろうの騒ぎが又起る。全く性懲りもないもので、これは一つには、人間が機械に次第に自分の働きに似たことをさせるのに成功しているからに違いない。そして騒ぐのだが、それが飽くまでも自分に似たことであって、自分の通りのことをするのではないことには気附かずにいる。例えば、電子計算器とか、サイバーネティックスとかいうことに対する関心がそうで、先日、あの何とかいうその道の博士が日本に来た時、日本側が発した質問には、この種類の盲点を代表するものがあった。

英国で商業用の手紙でも、恋文でも、手紙ならば大概何でも書かせることが出来る機械が作られて、その説明を読み、なる程と思った。この機械は確かに手紙を書くことが出来るが、それはこれを作った人間が予め考えて置いた言葉の組み合せに従って書くので、つまり、機械が書く手紙は凡《すべ》てこれを作った人間が初めに用意して置いたものであり、順列を変えることで何百種類にもなるその手紙の一つを機械が選ぶに過ぎない。計算器というものがそのもっと簡単な例ではないだろうか。これは計算する機械で、計算というのは人間が考案した一聯《れん》の、一定した操作であり、機械は忠実にその操作はするが、計算の方法を考案することは出来ない。六を三で割って二という答えを機械に出させるのは、機械に一つの物体を取り上げて、別の場所まで持って行ってそこに置かせるのと少しも違わず、この二つは何れもそういう機械的な操作なのである。そして例えば、飜訳の仕事の機械的な部分も、既に機械がやっている。

そのように型に嵌《はま》ったことなら、何でも機械にやらせることが横行して、しまいにはそれが意味を失うことになる場合もある。自動車があるからと言って、人間が歩いてはならないということはないのである。そういう意味でリンドバーグ夫人がその『海からの贈りもの』という本でアメリカ人の生活に就《つい》て書いていることは面白かった。家庭で使う機械の数が余り多くて、その修繕の手数だけでも大変なのだそうである。そしてそれ故《ゆえ》にアメリカでは、逆に多くのものが夏はキャンプに行き、リンドバーグ夫人もフロリダ沖の離れ島でこの本を書いている。ということは勿論、少しも機械そのものの価値を減じるものではないので、こういうことを考える前に、日本の農村などは一日も早く完全に電化されなければならない。

未来図

宇宙旅行とか、ロケットで月に行くとかいうことが言われ出して、これも我々をそわそわさせるのを手伝っていると見られないこともない。妙なガラス鉢のようなものを被って潜水服に似たものを着た宇宙旅行用の装束の想像図が新聞に出れば、これが未来の人間の恰好かと思い、そうすると、米を炊いたのを食べて、後で煙草を吸いながら茶を飲む現在の生活も、どことなく影が薄いものにさえ感じられて来る。その心理は、機械文明の発達ということと同じで、人間が何れは我々が知っている人間とは別なものになるのではないかという不安に原因している。

凡《すべ》て突拍子もない未来の予想は我々を不安にするか、或《あるい》は薄ら寒い思いに誘うもので、マルクスを嚙ったものが階級というものがなくなった未来の世界に就《つい》て勝手なことを考えるのも、科学に対して恐怖症に掛った人間が、水爆戦争の嵐が吹きまくった後の世界のことを胸に描いて震え上るのも、本質的には同じ空《うつ》ろな状態に属している。だから、所謂《いわゆる》マルクス主義者はもうその未来の人間に半分なった積りでいて、人間的にどこか足りない顔附きをしているし、未来の戦争を如何《いか》に恐しげに書いた小説でも、原水爆に対する警告としては全く何の足しにもならない。薄ら寒いのが先に立って、実感が湧いて来ないのである。併《しか》しながら、何れコバルト爆弾の雨が降って来て人類は滅亡するのだとか、階級がなくなって皆幸福になるのだとか言われると、それだけ現在の自分とか、自分の生活とかが信用出来ない気持を起し易くなることは確かである。

それで、飛行機の旅というものを思い出す。階級がなくなったら、或は、人間が妙なガラス鉢のようなものを被ることになったらと想像するのと同じ論法で行けば、今から五百年も前の人間がもし四基のジェット機で東京からロンドンまで四十八時間かそこらで行く時代がやがて来ることを想像した場合、やはり、そんな時代の人間はどうだろうと、かなり戸惑った感じになったに違いない。併し実際にそうやってロンドンまで行く気持は全く人間的なもので、五百年前の人間が夢に見たかどうかも怪しいことを自分が今しているのだとさえも思わなかった。日光を浴びて飛行機の遥か下に浮んでいる雲は美しい。併しそれは我々を少しも人間である我々の状態から引き離すものではなくて、寧《むし》ろ我々が自然を眺めて楽むことを知っている人間であることを益々強く感じさせるばかりである。恐しく意地が悪いスチュワデスがいて、乗客が少しでも長く洗面所に入っていると、容赦なく戸を引き開けてしまうのに閉口したのは、いつの時代の地上とも少しも変りがなかった。

階級がなくなって、人間が人間でなくなったら、これは人類の終りであって、我々は心配したいにも、心配すること自体に意味がない。水爆戦争で人類が滅びることは、人間が人間である限り、あり得ない。妙なガラス鉢の恰好をしたものは、今の人間が勝手に作り上げたので、二千年先に人間が頭に被るものは、その時になれば、今日の中折れも同様に、陳腐な帽子でしかないのに決っている。それよりも、月が古人を照してその古人が今はないことに感慨を覚えた支那やペルシアの詩人達の方が真実を語っているので、我々もそのことに動かされずにはいない。ということは、我々がその頃と同じ人間であることを示し、その事実に我々は安住していいのである。

時代

世界の歴史を振り返って見ると、人間が現に自分が生きている時代とそれまでの時代が繋って一つになっていると信じるのと、この二つが何かの理由で切り離され、これからは凡《すべ》てが変るのだと信じるのとの二つの状態を交互に経験して来たことが解る。十九世紀が、これからは凡てが変ると思われた時代であることに就《つい》ては、既に触れた。そして例えば日本などでは十九世紀がまだ続いていることは、今日の新聞や雑誌の記事を一々抜き書きして説明するまでもない。終戦によって、この十九世紀的な傾向は更に強められたとも言える。

フランス革命が起ったのは十八世紀の末であるが、この時にもフランス人の多くは実際にこれからは凡てが新しくなると思ったので、そして或る意味では彼等は間違っていなかった。帝王神権説が単に理論の上でなくて、民衆の力によって具体的に覆されたのはこの時であり、それに比べれば、これに伴って起った封建制度の崩壊などということは、単に自然の成り行きで片附けることが出来る。それは、ナポレオンが後に一人でやってのけたことである。そしてゲーテはフランス革命のそういう劃期的な意味を認識して、敵側の人間でありながら（彼はワイマール公の寵臣だった）、そのことを公言するのに少しも遠慮しなかった。フランス人が今日でも、バスティーユが陥落した日を国祭日にしているのは無意味なことではないのである。

そこへ行くと一九一七年のロシア革命は、どうも本当の革命だったという感じがしない。それが二十世紀に入ってから起ったものであることも象徴的である。併《しか》しそれは別として、例えば日本の明治維新は上からのものだから本当の革命ではないというのが、日本の一部の学者にとっては定説になっているが、それならばロシア革命は外からのもので、なお更、本ものではないとはっきり言えるのではないだろうか。革命の前から、ロシアの国民にもその動きが見られたが、彼等が実際にあの種類の革命を望んだかどうか甚だ疑わしいし、起った後にフランス人のようにそれを修正する力も、圧迫に反撥するだけの組織も彼等にはなかった。そこにロシア革命の悲劇がある。凡ては外国人、或《あるい》はロシアの国民にとっては外国人も同様の一部の知識人によって操作され、その状態は今日でも続いている。それ故《ゆえ》に革命前後、或はその後のロシア文学に、本当に凡てが新しくなるのだという気分は全く見られない。勿論、そういうことを言ってはいるが、それは理論的にはそうなるべきだと考える政府の命令によってである。

二十世紀、或は現代の傾向は、これとは実質的に反対のものであるように思われる。一つには、必要な時に革命が起っても、それで変るのは社会組織であって人間ではないことが解る程度に、既に幾つかの革命を経験して来たからであり、同じ過去に対する認識が各方面で更に深められて、過去と今日の我々の間にある関係が、断ち切ることなどは考えられない性質のものであることが余りにも明かになったからである。その反対の立場を取るのには、それを許さない資料が多過ぎて、凡ての研究の末に残るのは人間というものの観念だけである。この人間の姿を至る所に認めて、我々は過去に、又未来に向って行く。その場合に、特定の主義などというものは研究の邪魔にしかならない。それが、現代というものの性格であると考えるのである。

近代

それにしても、近代というのは懐しい時代だった。大体が十九世紀で、その上にその後の時代がごっちゃになっている日本では、近代も現代と重り合って、何れの名称もちゃんぽんに使われているが、近代建築ということは聞いても、現代建築ということはまだ余り言われなくて、音楽には近代音楽と現代音楽があり、今日の人間の意味で近代人という言葉と現代人という言葉が競り合っているのなどは、この観念上の混乱を示すのに都合がいい幾つかの例である。併《しか》し近代は、現代の同義語ではない。

我々が普通に使う言葉がひどく混乱している戦後の日本では、先《ま》ず近代の説明から始めなければならない。これは一種の崩壊期だったと言えるので、例えば十八世紀には英国にギボンという歴史家がいて、これが『ローマ帝国衰亡史』という大著を書き、部分的にはその後の研究によって誤りが指摘されているが、この複雑な題材を見事にこなしてその全貌を伝えることに成功している点では、今日でも歴史に関心があるものにとっては必読の名著である。所で、そういうその後の研究というのがやがて進み過ぎて、一人の人間がローマ帝国が衰亡する過程の全部を扱うなどというのは、誰も思いも寄らないことになった。又、十九世紀にはやはり英国にハーシェルという科学者がいて、これは天文学者として今日では知られているが、その他幾つかの違った学問の分野でも立派な業績を残していて、こういうことをする人間もそのうちに考えられなくなった。

近代というのはギボンやハーシェル、或《あるい》は文学者ではゲーテのような人間がいなくなり、又いられなくなった時代である。それまであったと思われた統一を科学が一時は代行し、進歩ということが空念仏ではなしに唱えられた後に、その科学も無数の部門に分れて銘々の進路を辿ることになり、人間にとって、眼の前にあるものしか存在しなくなった時代が近代だった。世界の構造に就《つい》て幾通りもの仮説が、生化学の場合、理論物理学の場合という風に、何れも動かせない事実に裏附けられて成立する時、少くとも音楽の才能があるものは自分の音楽の世界を開拓し、文学の感覚があるものは言葉の世界の秘密を探ることが出来る。純粋詩や純粋絵画の観念が生れたのは凡《すべ》て近代であるのも、その為である。一つのことに対する又とない執着の時代だったのであり、どの分野でも、その分野だけで分析がこれ程精密になったことはなかった。ポーの小説に、木の葉のそよぎ方に一日中、見惚れているのよりも、悩まされている男が出て来るのがある。ポーは近代の先駆者だった。

往来を歩いていて、歩道の敷き石の一つ一つがあれほど克明に見えることは、もう当分ないに違いない。澄み渡った青空にも無限に影があって、それが我々にとって苦の種にもなり、魅力でもあった。文学が建築と同様に計算や設計の対象になったのもこの時代であり、それはマルクス主義文学などという曖昧なものの影響によるのではなかった。日本にも、近代はあったのである。梶井基次郎の作品がそれを示している。そしてその近代も終る他なかったのは、人間の姿も分析されて、しまいに見失われたからである。併しやはり人間はいたという出発点に戻って、我々は今そこに立っている。そして近代を通って来た為に、その人間は決して貧しくなってはいない。

或る時代

戦前と言うと、この頃の人は今度の戦争の前という風に考えるようであるが、満洲事変が起ったのが昭和六年、蘆溝橋事件があったのが昭和十二年で、満洲事変の頃から日本はそろそろ非常時気分になり、日支事変は本格的な戦争だったのだから、アメリカと英国に対して宣戦を布告する何年も前から、我々は既に戦争状態に置かれていたのである。その上に、今度の戦争を始めて四年もこれを続けたので、それまでの日本の国力は確かに大したものだった。

満洲に手を出す頃までは、この国力の充実は我々の生活にも、街の風景にも感じられた。少し突飛な例かも知れないが、当時も既に円タクがあって、今日のように会社に雇われてその為に働く代りに、多くは自前で車を一台持ち、食事の時刻になると町の旨いもの屋を漁り、夜が更《ふ》けると車をいい加減な所に止めて、その中で寝たものだった。それが出来る位、生活が楽で、こっちも一円が五十銭になった円タクを更に三十銭や二十銭に値切り、それが互に面白半分の掛け合いだったのだから、万事がのんびりしたものだった。東京に目立ってビルが建ち始めたのもこの時代で、これは今日の、なけなしの金をはたいてのビルの新築競争とは違い、実際に業界が活況を呈して事務所の拡張が必要になって来たから、ビルが建ったのである。宮城の日比谷から馬場先門に掛けての濠に面して、第一相互から明治生命に至るビルの列が完成したのもこの時代である。外国に何度も行ったことがある或る老人は、これが濠の水に映っている所を指差して、東京も外国の都会と変らなくなったと言った。

その頃、東京には乞食がいなかった。失業者はあったが、或る外国人が、日本の失業者というのはその多くが親や親類に養われているから、その数が幾らと発表されても、外国の失業者とは非常に話が違うことを指摘したのは、決して事実を歪めたものではなかった。人を養うだけの余裕が人間にあり、文士は一年のうちに仕事らしい仕事を殆《ほとん》どしなくてもどうにか暮して行けて、学生は、こんなことはしていられないというので左翼運動に走る程、今日、アルバイトをしながらデモをやる学生とは反対に、恵まれていた。思想の自由が共産主義を許容し、その独断的な宣伝も黙視するという、近代の典型的な状態をこの時代は呈していた。治安維持法や危険思想という言葉にも拘らず、共産主義は或る具体的な危険ではなくて、多くの思想があるうちの一つの思想に過ぎなかったのである。

そして我々は、この豊かな国力を土台に健全な退屈を経験していた。フランス文学が広く読まれて、文学が始めて我々を知的にも悩ましたり、喜ばせたりする一つのはっきりした存在になった。パリで出たジードやプルーストの新刊が、一月とたたないうちに東京の街頭にも現れた。その街頭で思い出すのは、銀座の尾張町の角近くに、小さな建物の二階でコーヒーを飲ませる所があったことである。そうとでも言う他ない、コーヒーを出すだけの小さな部屋で、窓際に腰掛けると、向うに服部の時計塔とその下の街が見えた。客はいつも二、三人しかいなくて、それでも結構やって行ける時代だったのである。そこでゲルベ・ゾルテというドイツの煙草を吸いながら、文学に就《つい》て考えた。戦争が始って、物資が欠乏して行ったことは皆言うが、そこで日本でも近代が終ったことに就ては、黙っている。

その頃

当時はまだ文学が一つの情熱であり、情熱以外のものではあり得なかった。売れなくて、誰も文学で一儲けしようなどと思わなかったからである。改造社が日本文学全集で当てたのは事実だったが、我々の考えでは、全集に収められている作品の大部分は、既に文学ではなかったようである。同じ頃に仕事を始めた出版社も、何れも小規模で、損をせずに少しずつでも文学書を出して行けるのがせいぜいの狙いだった。或《あるい》は寧《むし》ろ、それがそういう出版社の主人の抱負でもあった。今から考えて見ると、不思議な感じがする位である。それとも、今のお祭騒ぎの方が、本当は不思議なのだろうか。

本を一冊出すということが、既にその著者にとっては大変なことだった。原稿が一冊分溜れば、自動的に本になるというものではなくて、それにそう原稿は溜らず、そんなに書く必要もないし、書くこともそれが稼ぎの手段である以上に、一つの仕事だったから、今日のようにやたらに書ける訳がなかった。それで、毎月出る本はもっと粒選りだったという気がする。本というものがそう売れず、それでも売れただけで採算が取れるならば、一冊毎に印刷、造本に念を入れた限定版の出版を始めるものが出て来たのも当然だった。江川書房という限定版専門の本屋が名乗りを上げて、堀辰雄の『聖家族』という短篇がこの本屋から一冊で出たのを覚えている。真白なケント紙に刷ってあって、白いボール紙の箱が二重になった、凝ったものだった。

つまり、妙な言い方かも知れないが、文士の生活がまだ文学、或は文学という名が附いた事業に脅かされていなかったから、それはもっと街の生活とも結び附いていた。其角《きかく》が夏の晩に縁台で涼み、シェークスピアがエリザベス時代のロンドンの飲み屋で仲間と飲み、ヴィヨンが泥棒をしながら詩を書くのが文学というものの健全なあり方なので、あの頃、昭和初期の日本にもそういうものがあった。第一に、文士が無暗に先生呼わりされることはなかったので、そういう特別扱いをされる心配は少しもないし、される理由もなかったから、気楽にどこにでも出掛けて行けた。文学はただ自分の頭の中にだけあるものであって、その外には普通の街の生活があり、この二つの間に記者や編輯《へんしゅう》者や、それから写真や漫画で顔を覚えた文学作品の愛読者ではない見物が割り込んで来て、文士を外の生活から遮るということはなかった。その頃の晴れた日や曇った空が、肌にじかに感じられたのを思い出す。

我々は、誰かの作品が一つ世に出る毎に興味を持った。これからしなければならない仕事が沢山ある気がして、それには海外からの強い刺戟もあった。併《しか》し兎《と》に角《かく》、頭ではそういうことを考えていて、体は新宿の横丁を歩いていたり、浅草をうろついていたり、銀座の不二屋の隅でコーヒーを飲んでいたりした。大家もそれと同じことをして、どこにいるか解らず、眼の前でその一人が手酌で飲んでいることもあった。その頃は、本当にハイカラな喫茶店などというものもあって、そこには実際にハイカラな人間が集り、その中に文士が混じっていることもあった。音楽会は、音楽が好きな人間が聞きに来るものだった。毎年、秋に二科展を見に行って、その帰りに上野の景色に差す光線に秋が来たのを感じた。文化という言葉がまだ珍しくて、恐らく当時の日本は、世界でも有数の文明国だったのである。

煙草の煙

フランスでその昔、ヴァレリーの公開講義を聞いた人の話では、ソルボンヌで行われる公開講演は誰でも知っていて、ヴァレリーは名が通った詩人だったから、講義の初めの頃は聴衆が詰め掛けて混雑したが、中途からそれが減って、もとの三分の一位になり、併《しか》しそれだけの人数は講義が続けられている間、毎週二回、必ず集って来たそうである。今日の日本ならば、多勢の聴衆で講義が盛況を呈しているのが文化で、集る人間が三分の一に減ったのは、フランス人も文化に関心がないのだと考えられることと思う。併し実際は、そんなことはない。

今日の日本では、音楽会の聴衆も多過ぎる。昔は今日のように名演奏家が外国から来なかったのだと思ったら大間違いで、コルトーもクライスラーも、シャリアピンも戦前に日本に来ている。ただ、当時は音楽が金持連の社交の道具にならず、文化人の見栄の材料でもなくて、音楽の愛好家が愛好するだけのものだったから、音楽会に行った時は、音楽を聞いていればよかった。これが、というのは、音楽会に行った時は音楽を聞いていればいいということが、どんなに人間をほっとさせるものかは、今日では想像し難いかも知れない。今日では、音楽は何か解らないが、いいものなのに決っていて、それよりも前売券が幾日前に売り切れたとか、プレミアムが幾らだとか、又、どこの誰さんが来ていたというようなことの方が問題になる。そして演奏家に対するあのアンコールの強要は醜態であり、拍手にもひどく空々しいものがある。今日の音楽会と、混雑時に東京の国電の中で揉まれるのと、どこが違うのか。

音楽は何だか解らないが、いいものなのではない。いいと言えば、忠君愛国も、完全雇用も、民主政治も、井戸端会議を止めることもいいことに決っている。蠅が一匹もいなくなるのもいいし、己の如く隣人を愛するのもいい。いいなどという言葉を使っている間は碌《ろく》なことはないのであって、これは凡《すべ》て修身の一言に要約される。今ならば、その言葉は文化、或《あるい》は、何だろうか。何であっても、碌なことはない。煙草がいいか悪いかは、まだ結論が出ていないようであるが、煙草が好きな人間には、煙草というものには色々な味がある。一本手に入れる為には人殺しもし兼ねない場合もあり、煙草がいいか悪いかはお医者さんの問題で、煙草が好きなものにとっては、兎《と》に角《かく》、煙草とその匂いや味は確かにそこにあるものなのである。尤《もっと》も、煙草はまだ今の所、文化の附属品に加えられていないから、難を逃れている。

併し音楽も、実際は煙草と少しも違う所はない。音楽は確かにそこにあるか、或はないかのもので、ない人間にとっては、まだしも煙草の煙の方が眼に入ると痛いということがある。併し音楽が実在するものには、これもやはり人殺しもし兼ねない感動を与えることもあり、我々の日常生活とは別なものを覗かせることもあって、煙草の場合と同様に、それが音楽というものの価値なのだとも言える。そういう、実際にはそこから大発明が生れるのでも何でもない、客観的にはあるなしの判定も難しいものの価値が、確かに戦後はもの の価値の上位に置かれることになった。そして同時に、その昔有難がられていた価値と同じお題目に変ったのだから、これは凄じい現象である。やはり、六十の婆さんが毎週二回、ヴァレリーの講義を聞きに出掛けるのでなければ、嘘である。

戦争

ヴァレリーの講義を六十の婆さんが聞きに行く話は、中村光夫氏の『戦争まで』という本に出ている（東京、池田書店）。これはその題が示す通り、中村氏が今度の大戦が始る少し前にフランスに留学し、戦争になって帰国するまでのことを書いたものである。最初、この本が実業之日本社から出たのは、日本も参戦した翌年のことで、まだ我々は戦争をそう身近に感じる所までは行っていなかったが、陸続きの国境でしか距《へだ》てられていない敵国と戦ったフランスにとって、戦争がどんなものだったか、読んでいて悲惨な思いをした。今度の大戦で、フランスの国民には戦意が全くなかったということが、何よりも強く感じられる。戦意がないと言うと、日本では、今日の日本でさえも、何か逃げ腰になっているとか、臆病だとかいう印象を受けるが、問題はそういう簡単な性質のものではない。そんなことですむと思っているから、平和主義などという妙なものも蔓《はびこ》る訳なので、普仏戦争、第一次世界大戦と度重る苦い経験で戦争というものの馬鹿馬鹿しさを骨の髄まで思い知らされたフランスの国民が、戦争で得することは何もないのが解っている上に、それがフランスの国土、フランスの文化、そしてフランスの家庭の破壊を意味するものでしかないことをはっきり感じながら、それでも戦わなければならなかったということは、もっと勇気があったならばという種類の初歩的な問題と次元が既に違っている。

これは当時の国防の状態にも現れていて、難攻不落と言われたマジノの帯状要塞も、実は工事がまだ半分しか出来ていない所で戦争が始り、フランスの金持は財産を外国に移して、それこそただもう逃げ腰になっていた。そういう空気の中で、動員令は矢継ぎ早に下され、予備兵は銘々が持っている軍隊手帳の指示に従って家を離れる。勝って来るのではなくて、死にに行くのであることは解り切ったことなのである。内乱が起らなかったのが不思議であって、そしてそのようなものは起らなかった。これは勇気の問題を越えていて、勇敢であることも馬鹿馬鹿しいことを知っていてそれを実践する他ない、或る境地を示している。ヨーロッパでも有数の沃土に恵まれているフランスは、昔からこうして他国の攻撃に対して受け身になることを強いられていた。ナポレオン戦争が唯一の例外で、この戦争でナポレオンとフランスの国民の頭にあったものは、征服慾ではなくて、思想だった。だから、これも一文の得にもならなかった。

例えば、フランスのロアル河の流域がどんな所か、又それがフランス人にとって何を意味するかを知っているものならば、そこが敵機の爆撃を受け、敵の戦車が走り廻るのに任されることを思って、フランス人が愛国心も役に立たない、或《あるい》は、それがある為に武器を取るのにも二の足を踏む状態に置かれることに就《つい》て、少くとも察しは附く筈である。日本が今度の戦争で、そういう目に会わなかった訳ではない。フランスの方が日本よりも美しい国だということもないが、我々日本人はフランス人と違って、美しいものに執着することを実に最近まで知らずにいた。それだけ恵まれていたのではあっても、これからは日本人もこの執着を持つに違いない。次の戦争がどんなであるかを知るには、水爆が雨と降るなどという単純な予想は止めて、今度の大戦でフランス人が置かれた立場をもう少し研究した方がいいのである。

戦争の跡

ロアル河が流れているフランスのトゥーレーヌ地方の中心であるトゥール市も、中村光夫氏の『戦争まで』の後記によれば、今度の戦争でドイツ軍に相当に破壊されたらしい。その前の大戦では、敵をパリ以北で食い止めたのに、今度はリヨン、ヴィシー、ポアティエの線までドイツ軍が侵入して、フランスの大半を制圧したのだから、トゥーレーヌの森や野原も、中村氏が同じ本で書いているシュノンソーの離宮も、トゥールの町も、どんなことを経験したか解らない。フランスがそこから立ち直るなどということは、少くともその当時は考えられなかったに違いない。

中村氏の著書に似たものを外国に求めるならば、第一次世界大戦以来、パリに住み着いて本国の新聞の特派員を勤めていたエリオット・ポールというアメリカ人が、やはり今度の戦争で帰国させられてから書いた、『最後にパリを見た時』という本がある。ポールは二十年もパリで過した位だからフランス、殊にパリが好きだったのは言うまでもないことで、彼程パリという町を紛れもないパリの町の感じに描き上げた人間は他にいないのではないかと思う。セーヌ河が流れていて、その沿岸に被さっている木の葉の一枚一枚が光っているのが見えるようである。そして彼はドイツ軍が入って来る直前までのパリをその調子で書いていて、その為に、この雑多で静かで、数百年の伝統で磨きが掛った町がドイツ軍の支配に任されることが、パリの住民にとって何を意味したかを一層強く感じさせる。

彼はこの本を、彼が恐らく実際に知っていたイアサントという少女を中心に組み立てていて、この戦争までの十数年間に育ったパリの少女の生い立ちが同時に、次第に切迫して来るパリの空気を反映する按排になっている。イアサントはパリでならば珍しくない型の、神経が細くて可憐な、利己主義で洗練された早熟の女で、その容貌に自信を持って世間を押し渡って行く積りでいる。そして語り手であるポールと文学談をやり、ポールに御馳走して貰うのを喜び、パリはこの女にも生きている。それが、ポールが帰国してから手紙を寄越し、これは遺書で、イアサントはドイツ軍の侵入を前にして自殺したことが解る。パリが死んだのである。ポールがよく行った街角の店が、ドイツ軍の戦車に突き破られたという知らせも来る。そういうことが本の最後の方で手短かに語られているが、何とも無慙であって、所謂《いわゆる》、残虐行為の手記よりも遥かに的確に事情を伝えている。

中村氏の『戦争まで』もそうであるが、こういう本は外国人でなければ書けない。誰も自分の国の惨状を活字で訴える気はしないからである（尤《もっと》も日本人の場合はどうか解らない）。そして戦争が終れば、復興を急ぐ仕事が待っている。ポールの本を読んだのは、今度の戦争が終ってからだった。併《しか》し中村氏のは、日本も戦争をしている時に読んで、戦争はいつまでも続き、東京も何れはパリのようになるのではないかという気がした。そして今日、あの戦争を振り返って見ると、それがみじめなものだったということよりも、あれだけの戦争をした後でもパリも、東京も結局は残り、それがやはりパリであり、東京なのだということの方が実感がある。一つの戦争で実際に滅びた平家の一族や、支那の歴代の王朝に属する文化が、我々の文明の一部に取り入れられて生き続けるということもある。人間的な価値というものは滅びないらしい。

乱世

強大な蛮族が国境を越えて入って来るのに、その日その日の逸楽に耽っていた帝国時代のローマの市民や、ローマの勢力が増す一方なのに内紛を続けたギリシャの都市を浅ましく思うならば、我々も核兵器を用いる戦争の危険にさらされている今日、これに反対して狂奔する他には、何も仕事が手に附かず、ゆっくり我々の生活を楽むことも出来ない筈である。それで今日の人間が求める娯楽は騒々しくて、後世に残るような仕事をすることは誰も考えないのだという解釈も一応は成立する。

ということは、我々が乱世に住んでいると認めることなので、これには疑問がある。今日の時代が乱世であるかどうか、よく考えて見る必要があるのみならず、今は乱世だからというので自分の生活態度を決めることが、何か納得出来ない。誰が見ても乱世だった時代に、その機会を逃さずに現れた英雄や豪傑というものはある。併《しか》しこれはそういう人間の型なので、太平の時代に生れても乱を起し、それが出来なければ身を誤る。そしてそのような乱世だった時代でも田を耕す百姓や、町で店を出している商人や、或《あるい》は弟子を教育する学者は、乱世であることを念頭に置いただろうか。その頃も、時間は今日と同じ具合にたって行ったのである。後代の歴史家は乱世と言うだろうという種類のことは、四季の移り変りに基礎を置く農業の助けにはならず、人間が人間であることを自覚させるのに役立ちもしなくて、商人ならば投機に便利かも知れないが、投機のからくりと心理は乱世でも、太平の時代でも同じである。

単于《ぜんう》秋色トトモニ来ル、という杜甫の詩は美しい。その昔、中島敦に教わったのであるが、匈奴の先鋒が現れるまでは、紅葉した秋の山は紅葉した秋の山であって、それから数時間後に匈奴がどんな乱暴を働こうとも、このことに変りはないし、匈奴の矢に当って死ぬ人間の眼に映った秋の山は、その美しさを少しも失うものではない。今度の戦争中も、澄み渡った空をB29の群が横切って行くのを見たのをもう覚えているものはないだろうか。

あれは爆弾や焼夷弾とは関係なしに、空が素晴しく青いのを感じさせるものだった。その戦争中が、ここで言いたいことのいい例である。その頃、非常時ということを殆《ほとん》ど毎日のように聞かされた。併し我々の日常生活の中に非常時などという観念を持ち込もうとしても、日常生活の方で受け附けないことが我々に直《す》ぐに解って、そのうちに非常時という言葉自体が陳腐なものになった。非常時で脱線したのは軍人と、右翼と、その便乗者だけである。

配給制度になって食べるものがなくなれば、そのない中で食べるものを探して食べるのが日常生活というものである。あの時代に、袋や風呂敷を持って買い出しに行った我々の姿位健全なものはない。今はその必要がないから、御用聞きに魚や野菜を届けて貰うだけの話である。そして条件が悪くて仕事がし難いならば、そういう条件を克服するのが仕事というものであって、このことも、どんな時代にも変りはない。イエーツが第一次世界大戦とアイルランドの内乱を通して詩を書き続けたと言うと、何か悲壮な感じがするようでもあるが、イエーツ自身にとっては、そんなことはなかった。詩は悲壮な気持などで書けるものではないからである。どうも、我々は落ち着く必要があるようである。乱れているのは国際情勢や国内の政治よりも、寧《むし》ろ多分に我々の心なのではないだろうか。

年月

支那というのは不思議な国である。古代のエジプトの民族と国土がそのまま今日まで残ったようなもので、歴史が古いことは同じでありながら、色々な事情でエジプトよりも我々には遥かに身近に感じられる。第一、その字が我々にも読める。エジプト文字は、枠で囲んであるのが王様の名前だということが一般に知られている程度であるが、漢字は詩経の言葉も、我々にとって懐しい意味を持っていて、エジプト人というものが何を考えていたのか、我々には見当も附かないのとは話が違う。

その昔、赤坂の大倉集古館で銅雀台だったか、兎《と》に角《かく》、どこか魏の時代の古蹟から発掘された石の獅子を見て、それが印刷された古い時代の言葉ではなくて、その時代の実物であるだけに、何とも異様な印象を受けた。日本の唐獅子と比べると変にのっぺりした、獅子だか犬だか解らない石の塊だったが、それを曹操が撫でたかも知れず、そして曹操の月明カニ星稀ニシテは、中学校で教わる句である（少くとも、昔の中学校では教わった）。関羽も、項羽も、劉邦も、秦始皇も、周公も西施も趙飛燕も我々にはお馴染みで、観念の上で片仮名の名前を並べるのに比べれば、支那は我々のうちにあるのに近い。そして百姓の爺さんが鼓腹《こふく》していい気持になっているのを天子が見て、やはりいい気持になる話や、詩人が、役人になって月給を貰うのが何だと言って田舎に帰って行くのは、児島高徳が桜の木を削ったり、青砥藤綱が松明《たいまつ》の明りで川に落ちた銭を探したりするのよりももっと我々に親しく呼び掛けるものを持っている。

エジプトが栄えていた時に、その支那は既にあった。丁度、尭だか舜だかが百姓の爺さんの歌を聞いていい気持になっていた時代であり、禹が洪水の対策で九年の間、家に帰らなかった頃のことである。だから、支那にも亡国の悲みを歌った歌は幾らもある。国が破れるなどというのは、漢民族にとっては殆《ほとん》ど常識的なことでさえあるのかも知れなくて、そこの所は、国が破れれば城を枕に討死する日本とは確かに違っている。併《しか》しそんなことよりも、他の国と比べてもっと違っているのは、例えば、スキピオがカルタゴの廃墟を眺めて感慨に耽った通り、ローマもその民族も全く滅びたのに対して、それよりも更に昔からあった支那が、スキピオの頃には既に幾度も国が滅びるのを経験しながら、その歌を同じ漢民族が今日でも伝えて、そこに自分の国の過去に起った出来事を見ていることである。

ローマ人が、カルタゴは滅びたと言えば、カルタゴは確かに地上から姿を消したのだから、カルタゴの前に滅びた幾つかの国々の例に照しても、次はローマだという考えが素直に浮んで来る。併し支那人にとって殷が滅びようと、呉がなくなろうと、これは小さな時から聞かされた昔話であって、禹が治めた黄河の流域にその子孫が今も住み、彼等が耕す地面から何千年前の遺跡が発掘されても、それは彼等の祖先の歴史を語るものであり、そしてその話を彼等は既に知っている。恐らく支那人にとっては、革命などというのは黄河に鉄橋が掛り、治水が同時に発電の役目を果すのと大して変らないことなのではないだろうか。鉄橋を渡るのは禹の子孫であり、電気の明りで読むからと言って、古人の言葉がそれだけよく解る訳ではない、と彼等は考えているのではないかという気がする。

日本

日本は支那に比べれば、もっと若い国である。神武天皇が西暦紀元前六六〇年という説を鵜呑みにしても、皇紀は今年でまだ二六一七年にしかならず、本当はそれよりももっと後であることが認められているらしいから、支那の歴史の半分になるかどうかも疑わしい。併《しか》し日本が若い国だというのは、そういうことを言っているのではない。支那と比べれば、歴史の上でも若いが、英国やフランスなどの、世界史から見れば新しい国よりも、日本は千年も古い。そしてそれでいて、老大国という感じがしないのである。

例えば、方々の新聞社で出している英語版で写真が盛り沢山の年刊や月刊の出版物を見ると、日本を海外に紹介するのが目的だということも考慮に入れなければならないが、兎《と》に角《かく》、何ともちゃちだという印象を受ける。その出来栄えがちゃちだというのではないので、これは大概は紙質も上等だし、ページの組み立て方も専門家が腕を振っていて、そういう点では、世界のどこに出しても恥しくないものも少くない。ちゃちなのは内容であって、やっと一人前になった、或《あるい》は、なったと何とか自信を附けようとしているどこかアジアの片隅にある新興国が、我々の国にはこんなものもある、こういうものもあると力んでいる様子が、ゆっくり記事を読んで見る気を起させない。編輯《へんしゅう》者自身が、日本をそういう二流、三流の、例えば最近になって英国かフランスから独立した新興国と考えているのではないかとも思われて、これは、気持が若いということに尽きる。

つまり、今までの何千年かの歴史はいつでも御破算にして、初めから出直す用意があるということになり、これは新聞や雑誌の編輯者に限らず、国全体に就《つい》て言えることなのだから、そういう若さがどこから来るのか、考えて見れば不思議である。明治維新がその典型的な例であるが、日本の紀元を西暦と同じ年数に引下げても、明治元年に日本は千八百年以上の歴史があって、そしてこういう気風はその時に始ったものではない。大化の改新以来、恐らくはそのもっと前からそれをやっていて、建国当時はどこの国も若いから、日本はつまり、日本の歴史の年数だけ若気を失わずにいたことになる。いつも何かやろうとして駄目になるのを繰り返して来たというのなら、国が今日まで持つ訳がないし、事実はその反対で、日本はその度毎に何かを日本に加えることに成功したのであり、その結果が普通の所謂《いわゆる》、文化とは違って、はっきり日本の文化と呼べるものである。併しこの文化には、一つの時代の人間を縛るに足る程の伝統が一度も出来たことがない。

時代毎に何かが足されて、少しずつ作られて行くものが伝統ならば、そういう伝統が見当らない日本の伝統というのは何なのだろうか。我々が日本人であることを感じることは出来る（それが出来ない例外があることは、ここでは問題にならない）。併しそれは例えば英国人が自分のことを、嘗《かつ》てクレシーとポアティエで戦い、シェークスピアを生み、蒸気機関を発明し、英帝国を築いた英国人の子孫という風に考えるのとは違っている。我々は人麿も、世阿弥も、野口英世も聖徳太子も日本人であることは認めるが、これに対して自分も日本人であって、そして自由なのである。我々はこれからも、過去の業績を重荷に思わずに進んで行けるのだろうか。こんな国は、他に世界のどこにもないのである。

昔話

日本が世界のどこにもない変った国柄だものだから、例えば典型的な英国人とか、フランス人とか言うと、兎《と》に角《かく》、或る種の概念が浮ぶのに対して、如何《いか》にも日本人らしい日本人となると、どんな人間がそうなのか、全く手掛りが得られない。勿論、今までに幾人かの人間がその見本に持ち出されて褒め上げられたことはある。併《しか》しそうして示された軍神橘中佐だの、薪を背負った二宮尊徳少年だのは、実際の人物がどうだったかは別として、修身の時間に教わった限りでは、日本人であることよりも先に、人間であるかないか、多分に疑問に思わせる種類の、人間だか何だか解らないものだった。

例えば、織田信長も典型的な日本人であるとは誰にも言えない日本人の一人である。日本人が全部そうなのだから、これは当り前で、ただ信長が天才的な政治家であり、武将であって、日本の歴史に新しい時代を開拓した先駆者だったことは、その事蹟を読めば直《す》ぐに了解出来る。その中でも、信長と秀吉の交渉は二人の非凡な人間が互に全幅の信頼を寄せ合って乱世を生きた記録で、信長は秀吉の成熟に自分の人間発見の才能を賭け、秀吉は凡《すべ》ての行動に信長の期待を意識することでこれに答えた。秀吉がその妻の杉原お禰々を娶る気になったのも、お禰々が、織田の殿様がお風呂を召して、酒を上って御機嫌におなりになったような、そういう男の所に嫁に行きたいと言ったのを伝え聞いたからである。

お禰々が秀吉と祝言をすませて、軍務多端の秀吉に代って岐阜城の信長の所に御礼言上に伺候した後に、信長からお禰々宛てに送った手紙が現に残っている。——

おおせのごとくこんどはこのちへはじめてこしげんざに入りしうちやくに候ことにうつくしさ中々目にもあまり筆にもつくしがたく候しうぎばかりにこの方よりも何やらんとおもい候えどその方より見事成る物もたせ候間べちに心ざしなくのままずこの度はとどめまいらせ候かさねてまいるのときそれにしたがうべし就中それのみめふりかたちまでいつぞや見まいらせ候折ふしよりは十の物二十ほども見あげ候藤吉郎れんれんふそくの旨申のよしごんごどうだんくせ事に候かいずかたを相たずね候ともまだ二たびかのはげねつみ逢い求めがたきあいだこれより以後はみもちようくわびになしいかにもかみさまなりにおもおもしくりんきなどにたち入りてはしかるべからずただしおんなのやくにて候間申ものの申さぬなりにもてなし可然なおぶんていにはじいりはいけんこいねがうものなり　またかしこ　のぶ（朱印）

藤吉郎おんなども

相手が女だからという考えからよりも、信長は、字は意味が通ればそれでいいのだという見方をして、いつもこういう仮名が多い文章を書いていたらしい。見参をげんざ、秀吉の禿げ鼠をはげねつみと書いたのは、尾張訛りなのだろうか。それにしても、家臣が結婚したからと言ってわざわざその妻に手紙を出し、その器量や態度を褒めた後で、お前さんに対して文句を並べる秀吉は言語道断と妻の肩を持ってやり、それでも秀吉のような男は二人といないのだからと諭して、最後に、自分が字が下手なのが恥しいと結んでいるのは、秀吉のことを、又従ってその新妻のことを信長がどれだけ思っていたかを示して余りあるものがあり、一篇の名文をなしている。

歴史の教え方

日本の歴史の教え方は、昔からどこか変だったような気がする。昔と言っても、明治になって学校が出来て、学校で歴史を教え出してからのことであるが、それ以来、我々と我々の過去の間にある筈の関係は、我々が学校で事実を詰め込まれる限りでは、断ち切られた。そういう事実を色々と覚えさせられはしても、その背後に、或《あるい》はそういう事実を縫って人間の動きと呼べるものが少しも見られないことが、その何よりの証拠である。

戦争が始ったり、終ったりして、その後に歴史の扱い方が前よりよくなったとは思えない。天皇の代りに人民が振り廻されることになっても、振り廻される人民はそれまでの天皇と同じで、歴史を扱う人間がいい加減にでっち上げた観念であることに変りはない。社会だの、文化だのを持って来ても収拾が附くものではなくて、一体に想像力が欠けている人間が歴史のように、小説以上に精密な想像力が必要なものと取り組むと、何よりもこれを用いて復原しなければならないのが過去の人間であるから、人間抜きの歴史でごまかそうとする。そして歴史は人間が作るものなのだから、人間抜きの歴史などというものは実際にはあり得ず、ということは、我々が歴史の名で歴史でないものを与えられていたことに他ならない。日本は封建的だとか、日本固有の精神だとかいうのが、今日までに日本の歴史に就《つい》て言われたことの凡《すべ》てで、誰だったかが、万葉集の言葉がレプチャ語とかいうものから来ていることを示すのに用いたのと同じ論法で、万葉集の言葉が英語から来ていることも立証出来ることを、又他の誰かが明かにしたが、封建的や何々固有の精神も、どこの国にも当て嵌《はま》るものである。つまり、今までの日本の歴史には日本が欠けている。

それで我々はいつも教科書や教科書並の出版物以外の、古文書や巷間に伝えられる逸話風のものから日本の歴史を拾って来た。島原の乱は人民の抵抗を示すものという解釈よりも、この乱でそれまで幕府の転覆を企てていた各大藩が幕府の実力の程度を見抜き、安心して各自の実力を培う政策に向ったということの方が、当時の歴史の動きを語るものとして遥かに興味がある。参観交代が大阪商人の活躍とともに、日本国内の文化交流にどれだけ役立ったかを考えることは、封建的という言葉を持ち出すのよりも、我々、今日の日本人にとっては切実な意味がある。ただ符牒を並べるだけで歴史を語ることは出来ない。

せめて、もう少し人間的な事実を日本の歴史を通して示してくれれば、そこから過去の日本との繋りを再び生きたものにする緒も見附かる筈なのである。併《しか》し信長と言えば、本能寺の変と森蘭丸であり、佐倉宗五郎は最近までは浪花節の材料、今日では恐らく人民の英雄であって、信長が二・二六事件で死んで宗五郎が徳田球一だと言われても、別に今までと違った印象を受けるものではない。そして日本の歴史には人間が出て来ないなどということは勿論ないのであって、秀吉が家康の所にお百度を踏んで公式の謁見で頭を下げて貰ったとか、平安朝時代に裁判官達が後生を願う余りに、何でも刑の軽減をやって、それで死刑がなくなったとか、我々に人間を感じさせる話が幾らもあるのは、考えて見れば当然のことである。そういうことを、この頃の人間は興味本位と呼ぶのだろうと思う。併しそれにも増して我々には、人間本位の歴史が必要なのである。

採　集

歴史の研究は文明の社会で或《あるい》は最後に発達するものなので、現代の日本で一流の歴史の本が書かれることを期待するのは、まだ無理なことかも知れない。歴史に対する感覚、又その感覚に基いての要求は、先《ま》ず或る程度まで民間に行き渡って、それが歴史家を刺戟《しげき》するのではないだろうか。少くとも、この感覚が行き渡っていなくて、歴史家が歴史の姿を示して見せても、その価値が認められることはない。そして受け入れる方でも、これを書く方でも、歴史の感覚は文明が或る所まで来て始めて生じるものである。それから著作に掛らなければならない。

学校で歴史が、生徒をその歴史の感覚に目覚めさせるように教えられることを望むのも、明治維新からまだ百年もたっていない今日の日本では、やはり無理なのだとも考えられる。それに、教師が立派ならば兎《と》も角《かく》、そして教師が立派であるのが普通のことになるのも文明の一つの状態であるが、この教師の問題を抜きにして、歴史でも何でも、学校での教程が教育の目的を本当に果すということがあるだろうか。学校で歴史をちゃんと教わらなかったから、今でも歴史に興味はありませんと言って見た所で始らない。実状が既にそうで、歴史の大著はまだないから、我々はこれからも銘々の感覚に基いて歴史の破片を、あちこちから見附け出すのを続ける他ないのである。歴史そのものは、殊に日本では、確実にそこにあるものなのだから、我々が宙に迷う心配はない。

例えば雄略天皇の歌から、当時の日本の風習や生活を推測することは出来ないだろうか。天皇が野原で会ったどこかの娘に向って歌ったこの歌は、我々が帝王とか、主権者とかいうものに就《つい》て今まで持っていたどんな観念にも当て嵌《はま》らなくて、これに類したものを強《し》いて求めるならば、ホメロスの『オデュセイア』でナウシカが、オデュセウスのような男が夫に欲しいという一節の屈託がない優しさがこの歌にもある。古代人は皆同じだったというならばそれ切りであるが、まだそこには、古代人そのままだった人間が帝王でもあったという問題が残る。尭舜ではない所謂《いわゆる》、帝王が現れた時に、古代は終った筈なのである。或は、古代はこれをペルシャに見て、敵として戦って勝った。雄略天皇の歌にあるものはギリシャであって、ペルシャではない。これをどう説明するか、という風に直《す》ぐ考えたがるのが我々の悪い癖であって、我々は我が国の歴史の初めにこういう歌が残されたことを、ただ喜べばいいのである。

話は飛ぶが、江戸時代に布かれた鎖国令のことを思うと、いつも不思議な気がする。これに就ては戦前から戦争中に掛けて、日本の軍部は今日の左翼歴史観の人達に劣らない単純な考え方をしていて、もし家光の時代にあんな消極的な政策を取らなかったならば、当時のヨーロッパ諸国が盛《さかん》にやっていた植民地獲得競争に参加することが出来て、今頃は名ばかりではない大日本帝国が出来上っていたのにと頻りに口惜しがったものだった。併《しか》しあの時、鎖国令を出すことがそんなに消極的なことだっただろうか。貿易や植民地の獲得による利益に目もくれずに、二百五十年間の平和という世界史上の記録を作る基礎を築き、その間に日本を文化的に充実させる機会を日本人に与えたのは、大したことである。家光がやったことではないならば、老中に偉い人間がいたのに違いない。

思い出

長崎で面白い話を聞いた。ここは秀吉の時代になるまでは大村侯の領分で、キリスト教の宣教師に質に取られたりしていたのが、その後、天領になり、徳川時代には外国貿易を一手に引き受けていたことは誰でも知っている。その貿易からの上り金のことなのであるが、日本で外国と貿易をやっているのは長崎だけだったから、これが相当な金額に達して、その一部は長崎の市民全部に、先《ま》ず家庭毎に竈金《かまどきん》という名目で、その上に又一人ずつに頭割で分配されたのだそうである。

どうして食って行くかということのみならず、税金を払う為のやり繰りに皆が悩まされている今日と違って、徳川時代の長崎の市民は税金は払わず、更に奉行所だか何だかから毎年金を貰っていたので、少し話が旨過ぎると思っても、それが史実なのだから仕方がない。勿論これは、幕府が貿易を収入の一部と考えなくて、貿易の上前を撥ねたりしなかった為でもあるが、兎《と》に角《かく》、それで長崎に住んでいるものは生活が楽で、お祭その他の年中行事が発達したというのは、これは当然そういうことになるのに決っている。町を流れている川の底まで石で畳み、そこへ石造の眼鏡橋を掛けて、道も石畳みにしたのも、この経済的な余裕があって出来たことである。今は道の多くがアスファルトで舗装され、川底の石畳みも水の流れが悪くなって泥で蔽われているが、それでも町の所々には昔の俤《おもかげ》が残っていて、雨が降っている日など、自分までが暇潰しの方法に困っているような感じになる。

それで思い出すのがその昔、ルネ・クレールが監督した『自由を我等に』という映画である。筋はどうでもいいので、この映画の舞台がレコードか何かを作る会社なのであるが、しまいに、工場が完全に機械化されて、従業員は全部その会社の株主になり、終りの方では、仕事がないので皆工場の屋上に集ってダンスをやっている。尤《もっと》も、それがこの映画に附いている題の意味ではなくて、主人公であるもとの会社の社長は、皆と屋上でダンスをやるのも束縛と考え、友達と二人で気ままなもの乞いの徒歩旅行に出掛ける。併《しか》しそれはそれとして、工場がそんな風になって利益が全部そこの従業員に分配されれば、後はダンスでもやっている他なくなる訳であり、それでは退屈だろうと心配する向きの為に、昔の長崎の市民はこれを地で行って見せてくれたのだとも言える。

これに近い状態を今日の世界に求めると、先ず頭に浮ぶのが英国で実現された福祉国家である。文士などという風変りな商売を選べば、英国でもひどいことになることもあるらしいが、地道な仕事で満足している限り、明け暮れ稼がなければ食って行けないというようなことはなくて、ノルマもなければ、収容所もないから、仕事がすんで退屈する暇も皆に充分に与えられているらしい。

そして方々に建っている養老院が立派なことは、早く停年になってそこに送り込まれたい位である。それ故《ゆえ》にここでも又、退屈の問題が起きて来る。そしてそうなると、隠居の制度が極く最近まで日本にあったことが思い出されて、これも特定の階級に限られたことではなかった。誰もがかなり早くから分に応じて隠居して、楽隠居だとか、隠居仕事だとかいう言葉が今日でも残っている。

余裕があったので、階級をなくすことよりも余裕を作り出すことの方が、我々にとっては切実な問題なのである。

縁日

この頃は無形文化財とか、郷土芸術とか言って、折角何かいいことを人間がしているのを引っ張り出して来てはガラス箱に入れるのが流行している。政治や外交までガラス張りでやれと注文するものがある位だから、人形使いを無形文化財にしたり、どこかの見事な踊りを郷土芸術ということで紹介したりするのは当り前なことに思われているのかも知れない。併《しか》し魚でさえも、もっと大きな魚に食われる危険があってさえ、水族館よりは海の底にいる方が仕合せなのである。まして一芸に達した人間を無形文化財に指定して何の足しになるのだろうか。本当に尊敬しているのならば、もっと積極的に後援すべきである。

この分では、そのうちに寄席や縁日も無形文化財だか、郷土芸術だかに指定されることになりそうな気がする。というのも、浄瑠璃や木彫りの人形や芝居の役者の芸は、暇に任せての産物であって時間の観念を越えている点で寄席や縁日と一致し、そのことを通して落語や講談にも繫っているからである。芸事の修業が如何《いか》に大変かということは、文学も暇があってのことであるのと同じで、そして縁日も、能率的な縁日の楽み方、夜店のひやかし方などというものはない。労働八時間、人間には八時間の睡眠が必要であるという種類の考え方とは正反対のものが縁日であって、芝居の役者が時間を無視した修業の挙句に、舞台で我を忘れた境地に遊ぶならば、我々も時間がたって行くのに構わず縁日の町を歩く。

或《あるい》は、昔はそうして歩いたもので、今日ではどこに縁日があるのか、どこでまだやっているのか解らないし、あっても、デパートで買いものをするのに馴れた人間の眼には、これは恐しく貧弱で非衛生で原始的なデパート位にしか映らないのではないかと思う。だから、そのうちに無形文化財、或は郷土芸術に指定されるだろうと言うのである。そしてそれならば序《つい》でに、親子連れか何かで縁日のぶらぶら歩きをやっているものも、無形文化財に加えるといい。少くとも、そうすべきである。その価値を問うものがあるならば、こういう無形文化財があって始めて芝居の役者の芸も芸であり得るので、片方だけを大事にして片方を放って置くのでは、保存の目的は達せられないことを指摘すれば足りる。そう言えば、何とかに指定するというのは大概の場合、指定されるものがやがては滅びると認めることなので、これを見分けることに就《つい》て指定する委員会の眼は確かに狂っていない。

兎《と》に角《かく》、今日の情勢では、寄席も、浄瑠璃も、そして文学も、余り遠くない将来に滅びると考えなければならない。その寄席や浄瑠璃を、映画やテレビと同じく娯楽の名で一括しているのだから滑稽であって、それが既に片方の運命を語っている。映画では、上映時間が明記されている。或る効果を望んで料金を払い、その効果が現れれば一切は終って、我々は映画館を出る。後を引くものがないから、これを補って連続的な効果を狙った未来の娯楽がテレビかも知れない。三味線の音が外に出てからもまだ耳に響いているということはないし、落語の一節を思い出して又笑うような、そういう映画がまだあったら、それは古いのである。見方によっては、我々の今日の生活は無形文化財的なものとそうでないものの競り合いとも考えられて、そのうちに我々の生活も実際は指定される資格があることが解って来るかも知れない。そこにまだ望みを繋ぐことが出来る。

我々の生活

よく雑誌の写真などに、立派なビルの直《す》ぐ後に残っている焼け跡に掘っ立て小屋が建っている所が出ていたりして、まだまだという意味になっているが、立派なビルがよくて掘っ立て小屋は悪いと額面通りに受け取りさえしなければ、こういう写真は今日の我々の生活の一面を伝えていると見ることも許される。写真家の意図を額面通りには受け取らないのだから、これは、我々の生活にもビルと同じく堂々たる押し出しの所と、掘っ立て小屋に似てちゃちなものがあるということにはならない。ここで言いたいのは、寧《むし》ろその逆である。

立派なビルが表向き、或《あるい》は表面のことで、その裏の小屋が実際のあり方だと見るならば、この二つが背中合わせになっている所は、今日の我々の生活を現している。繰り返して言うが、それだから我々の生活の内容がちゃちなのではないので、掘っ立て小屋がくすんでいて地面と一体になっているのが、我々の生活の中でも大事な部分を思わせるのである。ビルと言えば、例えばこれはミクサーだとか、エーレンブルグ氏の来朝だとか、家の娘にもバレエをやらせていますだの、明日は家の六つになる娘のピアノの演奏会がありますだの、何某氏の陶器には民衆への意志が見えますねだの、新式の生け花だのであって、これは我々の生活と別に関係があることではない。併《しか》し新聞や雑誌に載っている記事にはその種類のことを取り上げたのが、我々の生活を扱っている筈の欄にも多くて、雑誌に某々氏の家庭生活がグラビアで出ているのを見れば、某々氏はそういうものに取り囲まれて生活しているという印象を受ける。

つまり、それが我々が今日送っていることになっている表向きの生活なのであって、実質がそれに伴わない場合は、我々には何だかに関心がないという判断が下される。それは陶器だったり、陶器に見られる民衆への意志だったり、生け花だったり、新式の生け花が新式であることだったり、その場合によって色々と変るが、何れも我々の生活に根を降していなくて、誰かが勝手に考え出して新聞や雑誌、或はラジオや講演会を通して我々に押し附けようとしていることであるのに変りはない。我々の生活はもっと地味なものであって、陶器や生け花や、或はエーレンブルグ氏の来朝でさえも、もし我々の生活に根を降せばもっと地味なものになる。帰国した宗谷丸の歓迎陣は華々しかったが、実際の観測の仕事はそういう歓迎陣から遠く離れた南極大陸の片隅で、十一人の人間によって現在でも続けられているようなものである。

ということは、我々の生活がそういう辛いものだということでさえもない。我々が生活を本当に楽むのも、ミクサーや娘にバレエをやらせるというような形を取らないので、冬の炬燵、夏の縁台、或は我々の生活と調和し過ぎていて雑誌のグラビアにならない西洋間で、アメリカ文学の動向を語る種にならない探偵小説を読むことである。つまり、普通に生活して手馴れたことをするのが楽みで我々は生きているので、そこにはミクサー的なものは何もない。我々が畳の上に寝転んで天井を鑑賞しているのを見て、まだまだの、グラビアにならないだのと言うものがあったら、それは大きなお世話であって、我々は我々の生活を楽んでいるのである。時々、その生活に関する限り、逆に、新聞や雑誌に書いてあることを変える必要があると思うことがある。

趣味

この頃、趣味というこの言葉程、癪に触るものはない。釣りが好きな人間がいると、その人間の趣味は釣りだと言っていた間はまだよかった。それでも、釣りが本当に好きな人間ならば、釣りとの結び附きは趣味などという洒落たことの限度を越えている筈である。併《しか》しこの頃のはもっと悪どくて、我々が勝手に楽みにやっていることは凡《すべ》て趣味であり、旨い菓子を食べたがるのは菓子に趣味があることになって、会費を払うと、各地方の珍しい菓子を毎月少しずつ送って来る趣味の会というものが出来ているということも聞いた。

菓子が好きならば、自分が特に好きな菓子というものがある筈であって、その手に入れ方も知っているのが普通である。それを、ただ旨い菓子ということで人に選んで貰って、選んでくれるのが専門家だろうと、その専門家の意見で決って毎月送られて来る菓子を珍しがって食べるというのは、これは菓子が好きなのではなくて、菓子に趣味があるという観念に奉仕しているのである。こけしが郷土芸術だったり、駒形のどじょう屋が江戸趣味だったりするのと同じことで、人間が長い間、玩具、或《あるい》は食べものとして親んで来たものに、今になってそんな名前を附ける必要があるとは思えない。現に、我々が駒形まで行って食べるのはどじょうであって江戸趣味ではないので、ただ余り趣味や観光を押し附けられると、我々の廻りにあるものは皆趣味で、少し遠い所にあるのは観光ばかりだという錯覚を起しそうになる。それがこの頃の豊かな生活というものであるならば、豊かなものは騒々しいと相場が決ったらしいこともよく解る。

本を読むのが読書で、読書も立派な趣味の一つになっている。これを騒々しくするのは難しいが、本を読むのと、趣味で本を読むのが違っているのは、一般の趣味と変りがない。趣味と名が附くと、何かそれでいいことがあると説明が附くのが普通であるが、そういう観点からすれば、本を読んでどんないいことがあるのだろうか。別に就職の資格に数えられる訳ではないし、自分で本を書く時の足しになる程読むのは大変であって、趣味で本を読む人の苦労を思えば、可哀そうになる。併しそう言えば、こけしや駒形のどじょうも、趣味の形では何の足しになるのか解らない。そしてそれが我々の教養を高めるとか、見聞を広めるとか、そういう風に摑みどころがなくて、それでもどこかいいことがあることになっているのは、つまり、趣味という漠然としたものを教養だとか、見聞だとか、やはり漠然としたことで説明しているのである。

それでいて、趣味は摑みどころがないから自由に振舞えるかと言うと、その正反対である。犬が好きな人間と、所謂《いわゆる》、愛犬家を比較して見るといい。犬が好きで長年飼っている人間も愛犬家の手に掛れば一たまりもないので、犬を飼っている人間ならば誰でもすることが一々術語で呼ばれ、その仕方にも講釈が附いて、しまいには問題が犬なのか、サルトルなのか解らなくなる。これも、愛犬家が趣味で犬を飼っているからなので、この場合は、犬に趣味があるのは動物愛護の精神を育成するという口実まで拵《こしら》えてある。併し動物愛護の精神があるよりも、犬を可愛がることを知っていた方がいいので、同様に、少し論語臭くなるが、本は趣味で読むよりも、好きで読んだ方がいいのであり、こけしやどじょうも例外ではない。趣味人というのは、人間の中でも下の下の部類に属している。

縮図

名店街というものが方々に出来た。街という字が附いているから、建物の中であってもせめて小屋掛けの感じを出して、模擬店が並んでいる形にした方が、まだその名らしく思われるが、初めは知らず、この頃はその手間も省いて、百貨店の売場と同じものが幾つか隣合せになっているだけである。そこへ、色々と名が知れた店が出張してその店のものを売っている。だから、名店街である。

例えば、ネクタイと菓子と文房具と洋服と帽子と靴と家具の一流店が、何れも百貨店の売場程度の所に並んで店を出したら、それが便利なことは言うまでもない。一流店に用がない人間にはどうかと思うものがあるかも知れないが、ここで一流店と呼んでいるのは要するに、古くからある信用出来る店のことで、品物がいいだけで値段が別に高い訳ではない。今日の名店街に出ている店がそういう一流店なので、今の所は食べものの店ばかりでも、これがもっと流行すれば、そのうちに文房具屋や仕立屋が加ることも充分に考えられる。ただ問題は、それが本当に便利かどうか、我々が買いものは何でも名店街ですませて、本店には行かなくなるかということである。実際には今でも、名店街で買いものをする気にはなかなかなれるものではない。その名からいいものを売っていると、頭から決めて出掛けて行く人間ならば別であるが、本店で売っている品物が好きで前からそこへ行っているものならば、品物が違うことを直《す》ぐに感じる。併《しか》し同じ店で作っているものをただ別の場所で売るだけなのだから、そんな筈はないと、店の方でも一応は言うに違いない。

言いはしても、これは作る方の身になって考えて見る必要がある。大量生産に堪える商品ならば、商標一つで品質が保証出来るし、又それが出来なければ困るが、もともとが量よりも質が狙いで、特定の質を好む客を相手に作られているもの、例えばこの頃の名店街に出ている銘菓や、地方特産の食品や、或《あるい》はこれから名店街で売られることになるかも知れない、一軒の店が自慢のネクタイや筆墨は、そういうものが好きで扱い馴れている客の手に渡るまでは、その店の愛蔵品なのであり、店構えや店員の心掛けもその品物の質に影響する。日本橋の店に出ているものを渋谷のビルの地下室に持って行っただけだから、同じだということはないのである。そしてそれが解らない位ならば、何も名店街という名に惹かれて買いものをすることはない。値段は違わなくてどこでも買える規格品が幾らでもある。生命がない商品でも、先《ま》ずそれを作ったもの、次にはそれを買って使うものの愛情に答えることを我々は知っている筈である。

これに反対する理由を幾つ挙げても、それは凡《すべ》て、お手軽という一言で片附けることが出来る。手軽に扱われるのは生命がないものでも、それを作ったのは人間であり、これは直ぐに人間を手軽く扱うことにまで及ぶ。一人の人間が何を作るかよりも、幾つ作るかが問題になり、そしてこれを怪まない人間が、人間の機械化を嘆いている。名店街というものが既に一つの矛盾であって、人間が苦労して作ったものを、その店まで行く苦労さえもしないで手に入れたい殿様根性が、今日では商品の大衆化と呼ばれている。実際は、人を馬鹿にした行為であり、もっとはっきり言えば、これは人間の尊厳を犯すことである。名店街には、今日の日本の縮図がある。

暇

日曜日と言うと、この頃は名店街などに行くことを考えるものが多いかも知れないが、そういうことは他の日に譲った方がいい。会社の帰りか何かならば、朝、電車かバスに揺られて来て、晩また揺られて帰る序《つい》でに、名店街の人ごみに揉まれても、踏まれた上に蹴られるようなもので、麻痺した神経で我慢が出来ないことはない。動物園に子供を連れて行くのもこれと同じで、ただ生憎《あいにく》、それが日曜、祭日にしかやれないことならば、子供に動物園というものがあることを知らさずに置いても子供の成長にとってどうということはない。そして夫婦連れ、或《あるい》は一人で展覧会、音楽会という風なものに出掛けて行くことも同断である。

勿論、好きなことをするのは銘々の勝手であるが、ここで言いたいのは、普通の日ならば勤めで家を空けるのだから、日曜や祭日もやはり動物園か、名店街か、何かそういうもので暇を潰さなければ損か、或はどこか変だという考え方に就《つい》てなのである。暇はそんなに簡単に潰していいものではない。そして動物園も、音楽会も、実は暇人の為なので、暇を潰しに行くのとは反対に、そこへ行くことが暇の延長でなければならないのである。このことが、殊に戦後は一般に理解されていないようで、それでどういう名が附けてあろうと、動物園でも、展覧会でも、何でもかでも、先《ま》ず我々が考えるのは人込みということになるのではないかと思う。

人と入り乱れて電車に乗って、人に押し出されて電車を降りるのは、目的地がはっきりしていて、そこへ行くのを急ぐ為であり、暇潰しどころではなくて、少しでも暇があったら、それを潰してなるべく早く行先へ着かなければならない。だから、そうして時間を無理矢理に後に追いやることが本当の暇潰しであるとも言えるので、例えば、駅に着いたら汽車が出るまでにまだ一時間あり、退屈なので近所の映画館に飛び込んだとしたら、これも間違いなく暇潰しである。目的は、汽車が出るまでの時間をなるべく早くたたせることであって、その時間が来たら、汽車に乗り、目的地にもっと早く着く汽車があれば、その方に乗り換えることに忙殺されるだろうし、汽車に一度乗ってしまえば、今度は着くまでの時間を潰すことが問題になる。そしてこれで、汽車に乗ったり、乗り換えたりする苦労は、両方とも或る決ったことに向って流れる時間を狭めるのが狙いなのだから、暇潰しである。我々はこれに馴れて、何もこれと言った目的がない場合でも、暇を潰そうとする。併《しか》し暇は潰す為にあるのではなくて、我々はもともと、例えば食わなければならないとか、仕事が捗らないとかの理由で、止むを得ずに暇を潰す羽目になった筈なのである。暇なままで食って行けたら、これ程結構なことはないのであり、暇を掛けて仕事をすることが出来るのは、それが我々の現状ではないまでも、我々の理想でなければならない。そしてどうかすると、我々は実際に暇な時がある。我々の日頃の生活がそれを或る異常な状態に我々に思わせようともこれが我々の本来の常態なのであって、そうは考えられないのなら、どんなことをしてでもそういう考えを取り戻す必要がある。例えば、勤めを一日休んで、普通の日に動物園に出掛けて行くのもその一つの方法かも知れない。そうすれば動物を眺めることにも、日曜とは違ったものを感じる。その時我々は暇なのである。

現実

釣りをしている人間を見ると、それが本職の釣り師でなければ、我々はその人間が暇人だと思う。パリの真中で、セーヌ河の岸に立って釣りをしているものがいると聞けば、我々はパリの市民というのはいい加減のんん気な人種なのだと考える。併《しか》し家族連れで動物園の中をぶらついている男がいても、我々はその男が暇人だとも、のん気だとも思わない。まして事務所か何かで机に向っている人間を見るならば、のん気というような観念は我々の頭から忽《たちま》ち遠ざかって行く。我々自身もやることならば、それをやっている時の我々の気持に即して判断するのだろうか。

人間が一人、机に向っていて、少しも時間に追われず、時間を追ってもいないということもある。窓の外の景色もはっきり見ていて、日がかげれば、それが心を曇らせずに、ただ日がかげったことだけが眼に映り、そして仕事も一つの平面に広がって、自分はその上を手持ちの駒を動かして行くだけで仕事が進むとなれば、これは釣りが好きな人間が釣りをしている時の気持とどこも違っていない。仕事をしている人間が、その仕事が好きだとは限らないが、釣りが好きな人間は、それと同じ気持で釣りをする筈なのである。これは、絶えず周囲のことに、或《あるい》は四方八方に注意しているということでは必ずしもないので、問題は、或る状態にある時にどれだけのことが我々の眼に留るかということなので、我々が慌てている時は何も眼に留らず、それで何か一つのことに注意が行くと、もうそれでものを考える余裕がなくなる。

「武蔵」の乗組員だった或る下士官が、レイテの海戦の時に敵の空襲が余り烈しいので二十四時間、高射砲を打ち続け、その間、食事に支給された乾パンの包みが眼の前にあるのに、それに手を出す暇がなかったと話してくれたことがある。併し乾パンがそこにあることは、凡《およ》そ鮮かにその下士官に認められたに違いない。我々が極度に緊張している時と、完全に放心している時とは似たものがあるように思われるので、それ故《ゆえ》に放心して妄想に耽ったりするのは、まだ本当に放心しているのではない。妄想に耽るだけ、まだ心のどこかに何かが引っ掛っているので、それがなければ、空襲でなくても乾パンも、高射砲の砲身も我々には見えるのである。そうすると、暇ということが他人を羨んだり、自分の生活に就《つい》て愚痴を言ったりする材料ではなくなって、もっと時間の観念と一つのものであることが解って来る。時間が流れて行くのを乱そうとする時に、我々の心も平静を失う。

それ故に、源平の合戦に梅の枝を箙《えびら》に差して行った武士は暇だったのである。人間は人間だけで独立して存在しているのではなくて、その周囲やその人間の中に、普通は人間の観念には入れられていない色々なものがあり、我々はそれを我々とは別なものに思っていても、そういうものが集って我々は実は出来ている。それを我々は一々意識する訳には行かないが、我々の世界というものを確認するのに必要なだけのものは我々に見えていなければならないので、我々の周囲の状況とともにそれは絶えず変るから、要するに我々がこうして暇な状態で受け取るのが、現実というものなのである。この他に、現実は定義のしようがない。そしてそこに、現実と単なる観念のけじめもあって、だから、その現実を描く小説家という人種は暇人と見られ、そして又、暇人でなければならないのである。

重箱の隅

現実という言葉は、日本では随分、誤解されていることがあると思う。観念と観念的なことが流行している時に現実などという言葉を持ち出せば、現実も一つの観念になってしまうのは当り前かも知れないが、現実がそういう観念の一つにされて困るのは、現実が観念になり得ないものだからではなくて、その為に現実が何か固定したものに考えられることになるからである。これが例えば水ならば、水は流れるという観念が水の観念から離れないのに対して、現実の方は、それが余りにも動かせないものに思われて、現実主義などというものがそこから引き出されたりする。

現実というのは、その言葉が示す通り、確かにあるものなのであって、時にはそれがどうにも突き破れない壁になって我々の前に立ち塞がることもある。或《あるい》は、我々はそういう場合にだけこれを現実と呼ぶことに馴らされて来たのではないだろうか。それならば、現実を動かないものと考えるのも解り、それを土台に行われて来た現実に関する固苦しい議論も、少くとも我々が現実の壁に突き当った時のことを思えば、納得出来ないことはない。それ故《ゆえ》にそういう現実に対する見方は、大概は初めから敗北を予想していて、その昔流行した幻滅の悲哀などという言葉を使う段になると、融通が利かない話に人間味を加える為に感傷主義まで引っ張り出されている。そして今日ではそれを止めて、理論で現実を武装していると言うものがあるかも知れないが、こちこちの見方に融通が利かない理論を通せば、一層救われないだけの話であり、つまり、嘘なのである。

空気も、確かにあるものだということを忘れてはならない。そして空気を科学的に説明するということは今日では意味をなさないので、それは場合によっては我々が学校で教わった通りの、酸素と窒素と何とかと何とかの結合であることもあり、飛行機の翼に対する抵抗であることもあり、又、電気学では、と例を殖《ふ》やすまでもないことで、科学的な説明を聞く前に、それが科学のどの部門に属する立場からかを知って置かなければならない。

幸、誰も現実を科学的に説明しようとしたものはないが、科学の領分でないことには科学擬《まが》いの理論を持って来て、これには事実による裏附けがないから本当か嘘か解らず、その間に現実はどこかへ行ってしまうのであるよりも、やはり我々の眼の前にあり、我々が一生懸命になって考えている頭の中にもあって、その頭も現実である。

確かにあるものが刻々と集って出来上っているものなら、これは存在とか、実体とかいうことに対してのように頭で考えるものではなくて、眼で見て頭も含めた体で納得する他ないものなのである。そして確かにあるものである以上、これは確かにあるだけではなくて、特有の色もあり、性格もあることは言うまでもない。これだけは変らず、我々もそのことにいつも気附いてはいなくても、知ってはいる。シェークスピアをもじったラフォルグというフランスの詩人の短篇では、川に身投げしたオフェリアの棺を重そうに担いで来る人群を見て、ハムレットが、オフェリアはそんなに重くはなかったのにと思い、それからオフェリアの死骸は水を呑んで膨れ上っているのだと合点する。これは幻滅の悲哀でも何でもない現実に対する正常な認識であり、それが出来たハムレットも暇人、つまり、一箇の立派な人間だったのである。

技巧

『聊斎志異《りようさいしい》』に、こんな話がある。或る村の青年がお祭で一人の美しい少女に会い、又の日を約束して別れるが、それ切りになって、青年は少女が恋しくてたまらず、教えられた通りの山奥の村に使をやることを思い附いても、誰もそんな村があることを聞いたことがない。それで自分で出掛けて行くと、村がある筈の辺りに木が茂っている庭に囲まれた屋敷があって、庭にはその女がいる。青年は入って行って、女にその老母に引き合され、その家が青年の親類筋に当ることが解って、一日そこの客になる。

女は美しいが、笑ってばかりいて、花に蔽われた木に登って下にいる青年を見ながら、まだ笑っている。青年が結婚の申し込みをしても、その意味が女には解らない様子で、青年が説明すると、女は、自分は人と寝るのは嫌いだと答える。そして母親に、青年が説明したことをそのまま伝えようとするので、青年は慌てて止める。という風なことがあって、結局、話が纏り、青年は女を連れて自分の村に帰り、そして初めの態度に似合わず、女はいい嫁になって、二人は青年の家で幸福に暮す。そのうちに、男の子が生れて、女は青年が山奥の屋敷で会った婆さんは青年の家と縁があった狐で、自分もその狐の子であり、屋敷は母狐が埋めてある塚だったことを打ち明けるが、その後何も怪しいことは起らず、男の子は役人になり、二人は無事に一生を過す。

そういう、お伽噺《とぎばなし》とも、怪談とも附かない話なのであるが、我々がこれを読んでいて、少くともその間だけは書いてあることを信じるのは、例えば、花を附けた木に登って女が笑い続ける所や、女と青年の問答が、確かにその通りだったのだと、我々が現実に就《つい》て知った現実というもののあり方から直感する為である。そしてもしそれが現実だったならば、全くそのようである他なかったのだということは、それが現実だったことなので、実際にあったかなかったかは二の次の問題になる。汽車が午前九時十分に上野を出て、午後七時十分に金沢に着いたということが実際にあっても、ただそれだけでは現実ではない。三角形の内角の和が二直角に等しいようなもので、それが場合によっては、例えば、その汽車に自分が乗れば、現実の一部になるが、それには従って色々なものが更に加えられなければならない。併《しか》し現実そのものと認められることが本に出ていれば、我々がそこに認めるものは現実なのである。チェホフは、月夜を表したければ、土手に散らばっている壜のかけらが月光を反射していたと書けばいい、と彼の人物の一人に言わせている。

つまり、小説で現実を認めることは我々が現実の生活で現実を認めるのと同じことなので、下手な小説家には現実が描けないならば、我々も我々の周囲の現実を見ずに過すということがある。或《あるい》は寧《むし》ろ、それが始終ではないだろうか。その為に、我々が見ないでいるものがなくなる訳ではないが、我々にとっては、それはないのであって、我々は、人生とは何ぞやなどと考えながらただ押し流されて行く。そして夢を求めたりする。実際は、それが我々に欠けている現実の認識でなくて何だろうか。

自分の周囲から得られる筈のものを小説家から貰っているので、小説にばかり頼っていられないならば、我々も小説家の眼と技巧を身に附けなければならない。眼と技巧と、ここでは区別する必要もない。

距離

旅行というのは、もっと楽んでいいものである。汽車に乗って、他の客を見ることがあると、大概は新聞や雑誌で暇を潰すのに一生懸命になっているか、旅行中でも用事を片附けるのに忙しいか、或《あるい》は楽んでいる積りで酒を飲んで騒いでいる。酒を飲むのは少しも構わないが、汽車の中は移動する書斎や、事務室や、或は料理屋の座敷ではない。兎《と》に角《かく》、移動はしているのだから、それを感じなければ損だと思うのである。

この頃は、乗客を旅行している気分にさせる為に、マイクで到着時刻などを知らせる他に景色の説明までやって、車掌さんがバス・ガールの代役を勤めている。併《しか》しこれは寧《むし》ろ汽車に乗っていない時に、家で旅行気分に浸る為にラジオを通してやって貰いたいことなので、右手に琵琶湖が見えている時に、右に見えますのが琵琶湖ですと言われても（というのは、喩え話であって、東海道線では余りこういうことをやらない）、眼から受け取る以上の実感は湧いて来ないのである。又、わざわざ注意されなければ気が附かない位なら、教えて貰っても、ああ、そうかですんでしまう。そして車掌も、引っ切りなしに放送している訳には行かない。京都辺の山の恰好は、関東のとははっきり違っている。奈良の方に行けばそれが又変り、中国地方でも、馴れれば山を見ただけで中国に来たことが解る。そしてそれを見分けることは、自分が確かに自分が住んでいる所にはいないことを認めることで、そこにも旅行に出た自分を感じる。

或る批評家が、東京で自分の前に置かれる一杯のコップの水と、パリで出されるコップの水は違うと書いたことがあるが、これは本当なのである。その二つを取って分析して見れば、二つともコップはガラスで出来ていて、水は水であることが証明されるだろうが、問題はそんな所にはない。例えば、パリでカフェーの卓子の置き方が、東京の喫茶店とは違って歩道にはみ出しているのも、ただ卓子の並べ方が違うだけではないので、卓子の置き方を変えても、パリは東京にはならない。清の乾隆帝の時代に、西域で生け捕られた香妃を帝が寵し、北京の紫禁城内に西域の町と同じものを建てて賜ったのにも拘らず、香妃は慰められずに遂に死んだのは、哀歌の形でこのことを語っている。旅行をしていると、我々の故郷ではなくて、他のものにとって故郷である場所を次々に通って行くことになり、それだけでも我々の眼を惹くものがある。

ギリシャや日本の古い詩に地名がやたらに出て来るのは、故《ゆえ》ないことではない。詩人がイタカ、サモス、ザクントスを歌うのは、その何れもが地上には二つとない場所だからで、厳密に言えば、恐らく京都に差す日光は奈良に差すのと既に違っているのである。そしてそういうことを最も痛切に感じさせるのは飛行機の旅だろうか。何百マイルも離れた土地に直《す》ぐ着いて、又次の土地に向って飛び立つのだから、海や空の色が場所によって変ることがいやでも解り、降りて来た所の人間が黒かったり、茶色だったりする。又それだけの違いではないことは、繰り返して言うまでもない。バンコックと言うと、飛行場の大きな食堂の天井を雀が飛び廻っていたことをいつも思い出し、香港は洗濯屋の看板がまだ印象に残っている。

併し距離が長くなければ、旅行気分になれないということはない。今ならば一日で行ける所を遠いと感じた昔の人間の眼は、決して誤ってはいなかったのである。

帰郷

終戦後の二、三年は、超満員の列車で死にもの狂いの思いをして買い出しに行く以外に、旅行というものは考えられなかった。そしてそのうちに少しばかり生活の安定を取り戻して、又昔のような旅行がしたいものだと頻りに思い始めたのを、何かと旅行する機会が多くなった今日振り返って見ると、妙な感じがする。他の乗客と押し合いへし合いでなしに、ここと決めた座席に腰を降して、景色が窓の外を流れて行くのを眺めることにも、最初はなかなか馴れることが出来なかった。長い間貧乏した後で絹の座蒲団の上に坐らせられるようなものだったのかも知れない。

この頃は、旅行することそのものはそう珍らしいことではなくなった。「白山」という急行に金沢から乗って上野に着く時間を調べるのに、時間表で北陸本線の下りの部を見なければならないというような専門的なことまで覚えた。その金沢で泊るのなら「つば甚」、それが信越線の長野なら「五明館」、広島県の呉ならば「かなめ」という風な、宿屋の好みに似たものさえ今ならばある。併《しか》しこれで旅行するのに倦きて来たかと言うと、少しもそういうことはない。大体、丘の向うには何かがあると思っているうちに、実際に向うに行って見てがっかりするなどというのは嘘であって、丘の向うは向うであり、こっちとは違っている。今ここにこうしていても、長崎では丸山遊廓の真中に花月亭の庭があり、新潟から秋田に行く途中では日本海があの特有の光でのた打っているのだと思えば、幾ら旅行するのを重ねた所でその魅力が失せるものではない。

どうあっても間違いないことは、我々が汽車その他から降りた場所は、我々が住んでいる所ではないということである。それで余程例えば名所旧跡に憧れたり、仕事のことで頭が一杯になったりして、他のことが眼に入らなくなってでもいない限り、我々が見るものは我々の日常の苦労を離れて他所の、他人の生活と結び附き、ただぼんやりとそこにも人間が住んでいるという感じだけで眺められる。その為に川が如何《いか》に静かに白い石の間を流れ、街の明りがどの位人間臭く横丁の塀を照らすかは、旅行が好きなものならば誰でも知っていることである。そして我々が宿屋に着いて、お疲れでございましょうと言われるのは、長い旅の疲れに対してであるよりも、街の明りが街の明りにも見えずにいた日々の面倒やいざこざを忘れさせ、拭い去る為の言葉なのだと考えていい。余り一つのことに追い詰められていると、それが我々の生活であっても、我々は疲れて来る。

そして旅行をしていると、我々が毎日繰り返している生活に対する見方も違って来る。第一、我々が旅行して帰って来た我々の町や村は、まだそこに帰って来るまでの気持で眺めることが出来て、ここにも我々の個人的な生活の立場から見ただけではない人間の生活があることが解る。時間が絶えずたって行くことを思えば、我々はいつも同じ場所で同じことをしているのではないので、部屋の窓からの眺めも日のさし加減に従って変って行く。あくせくするのは我々の勝手であって、旅行者には見えるものが我々には見えなくても、それは我々が住んでいる場所のせいではない。やはり明りは瞬き、電信柱は夜空に黒く立って、自分も自分であることを越えて人間であると感じることが出来る。人生は旅であるというのは、必ずしもそう寂しい意味で言われたことではないのである。

執着

ジードの『背徳者』という小説に、メナルクという妙な人物が出て来て、この男が小説の主人公に、人間はものを持っていればいる程、自分の持ちものに縛られて、自分はもの持ちだと思っているのに、実際は持っているものの持ちものになっているのだと語る所がある。だから、自分は自分であることの自由を失いたくなければ、なるべく軽身でいた方がいいというので、この説は確かに一応筋が通っている。

英国のバッキンガム宮で大掃除をする時には、卓子という卓子に、又各部屋の炉の上は炉の上で色んなものがぎっしり並べてあるので、先《ま》ずその写真を取り、掃除がすんだ後でその何百枚もの写真に従って置きものをもとの場所に戻すのだという話などを聞くと、我々には及びも附かないことながら、やはりどこか重たい感じになる。我々にした所が、引っ越しをする場合、あれもこれもと、今までに住んでいた家の中を見廻せば、それでうんざりするのと、新たに移る家に対する期待がこんぐらかるもので、こういう際には、これ程がらくたを集めなければよかったのにと思う。文士は万年筆と原稿用紙さえあればすむのだという、昔の税務署の考え方は全く大嘘の皮であって、その他に字引が重さで言って三貫目か四貫目、各種類の手帳、筆に墨に硯、古い原稿、目覚し時計、人の名刺、手紙、そして本に至っては、見た所は何千冊あるか解らない気がするし、仮に何百冊かしかなくても運ぶのに一苦労である。

古雑誌などは、引っ越す毎に古本屋に持って行って貰って、値段が安い割に大荷物なので古本屋が気の毒になるのが、次に引っ越す頃には又その位溜ってしまっている。そして昔の税務署の考え方と、引っ越しの際の経験に従って、古雑誌だけでなしに各種類の手帳その他を処分しても、やはり引っ越した先に暫《しばら》くいるうちには机の上がもと通り、あってもなくても構わないながら、あった方が便利なので使うことになったがらくたで一杯になるから不思議である。例えば、糊だの、机上カレンダーだの、クリップが入っているボール紙の箱だの、鋏だの、文鎮代りのライターだの、二日酔いの薬だの、その他色々で、それが机の上に載っている間は、別に邪魔にもならない。家全体に就《つい》てもそれが言えて、洋間があって家具が置いてあったりすると、引っ越しの時にはそれだけで頭痛の種でも、住んでいれば、卓子も安楽椅子もその場所を得て、これに囲まれて自分の家にいる気分になる。

昔は一部落、或《あるい》は一都市全部の人間が、例えばもっと水がある地方を求めて移動したりしたことがあるらしい。そしてその騒ぎは我々が引っ越しをする時どころではなくても、やがてその部落、或は都市の人間が行先に落ち着いて、そこに又部落や都市が作られ、往来があったり、横丁があったりして、家の窓からは玉ねぎに糸を通したのが吊され、という風なことになった点では、これは我々の引っ越しと同じだったに違いない。それに誰も自分の机の上に置いてあるものを見て、その全部を一時に使おうとは思わないのである。

何か入り用になる毎に取り上げられて、すめば我々を煩さない点では、ないも同然になる。飽きずに眺めるものが仮にあっても、これと変りはないのではないだろうか。或るものを愛好することは、これに執着することとは違う筈である。我々は色々なものに囲まれて暮していて、それを重荷に感じることはないのである。

住居

金沢の旅館に泊った時、この間、出来上ったばかりだという部屋に通されたのに、材料が古い家を壊して運んだもので、壁もどういう方法によるのか、塗ってから何年もたった感じがする為に、新築の部屋に寝るのとは凡《およ》そ違った気持で一夜が過せた。朝、目を覚すと、柱なしで突き出ている床の間の端に、大きな白い蕾が一つ附いている木の枝が一本、花瓶に差してあって、それが鼠色の壁を背景にそこにあるのが、ここは自分の家ではないが、自分の家にいるのも同じなのだという考えにさせてくれた。

ここに自分はいて、それでいいのだという気持になるのは、自分の家にいる時に限ったことではない。例えばそうして旅行していてそれを感じることもあるし、田舎道を散歩していてそういう一つの眺めに出会うこともある。そして小説ではあるが、オーウェルの『一九八四年』の次の一節は、この一種の寛《くつろ》ぎを代表しているもののように思える。

「彼は……兎が草を食べ散らした牧場の小道を歩いていた。そして足の下の短い、よく弾む草や、顔に当っている柔かな日光を実際に感じることが出来た。牧場の境には楡の木立が見えて、枝が風に微かに揺れていた。どこかその向うには川が流れていて、柳の木の下に出来た緑色の淵の底には、うぐいが動かずにいるのだった。」

これだけ読めば解る通り、この小説の主人公は実際に或る景色を眺めているのではなくて、昔見たものの記憶を辿っているのである。併《しか》しそれがこれ程鮮かに蘇って来るものならば、彼の眼の前にその景色があるのも同じで、そしてそれはその記憶だけでも彼にとって充分なものなのである。

併しこの一節が代表的であるのは、凡《すべ》て我々が或る場所にいて、そこに自分がいることを受け入れる時の気持を描いているからに過ぎない。何も、柳の下にうぐいがいなくてもいいので、それは野道の脇に生えている一本松である場合もあり、或《あるい》は都会の真中で、街角にトラックが止っているのでも構わない。そして勿論、それは我々が実際に我々の家にいる時の感じでもある筈であって、少くとも我々が住む場所の本来の性格はそういうものでなければならないのである。家とか、故郷とか言っても、それがなければ意味をなさないので、この簡単なことさえも忘れる時代に我々が今日生きているならば、是非ともう一度思い出して見る必要がある。そして自分が住んでいる場所にその感じを取り戻させることが出来ない位、我々はまだ不幸ではない。

その昔、縁側で日向ぼっこをすることも知らないと言って、友達に笑われたことがある。その頃は、自分がどこにいるのかも解らない位、仕事にあくせくしていたのではないかと思う。併しこれも、自分の家にいる気分になるのには、縁側で日向ぼっこをするに限るという訳ではないので、窓に掛けたレースのカーテンが古くなると、初めは白かったのが茶色に変色し、それを通して西日が差して来れば金色に光る。その窓に西日が差して来る時期にならなければならないが、それが好きで、その時期の午後も遅くなれば、なるべく窓と向き合った所に行って椅子に腰掛けることにしている。自分の家にいないのに、いるのと同じ気持というのは、こうなると、家にいるのに他所と同じ満足を感じるのに似て来る。どっちでも、自分のいるべき所にいることに変りはないのである。

アパート

どんなことをしても自分の住居にいる気にさせないのが、この頃のアパートかも知れない。勿論、アパートにも色々あって、最近は権利金を百万も払って入る高級住宅を一つのビルに集めたのもあるが、ここで言っているのは普通の意味の、四畳半が二間とか、六畳とかの一般用のものである。住めるのならいいだろうというのが建前の箱を幾つも重ねただけのことで、これは一応は、運べばいいのだろうで設計された汽車の三等車の比ではない。汽車に乗る人間の大部分は三等客で、従って鉄道は三等客を大事にし、汽車の三等には風情があって、女や四十を越した老人でない限り、二等に乗ることはないのである。

併《しか》しアパートは、本当ならば一軒家に住む所を、家がなくて困っている人達がまだ相当いるのに附け込んで建てられるのであり、部屋に畳が敷いてあって窓の一つも明けてあればすむ、というのがアパートを建てる人間の考えである。終戦の頃は普通だったこういうやり方の跡を今日の時代まで辿って見るならば、その頃は甘くさえあればいいというので甘い甘い茹で小豆が一杯十円で売れて、大体何でもがそういう風だった。そのうちに輪タクというのが流行し始めたのを思い出す。これも全くただ運ばれて行くだけで有難く思わなければならないものだったので、当時はこの輪タクに乗るのも一種の贅沢だった。その頃から中華料理と称するものが、それ程珍しくなくなって来た。ワンタン、シューマイの類を売るもので、味は兎《と》も角《かく》、栄養はあるというので愛用されたのである。

そして少し飛んで、上野でマチス展が開かれたのもこの、あればいいのだろう式のやり方の一つに数えたいのだが、そこまで来ると今日とのけじめが大分ぼやけたものになる。要するに、今日では大体何でもあって、ただあるだけでは誰も満足しなくなったのに、住宅難はまだ続いているので、それと一緒に残ったのがアパートだとは言えないだろうか。これが住めさえすればのものである点では明らかに終戦当時の遺物であって、だからそこに住んでいるものにとってもこれは腰掛けであり、そこに実際に住んでいるのではない。

例えば現代小説で、妙に底が浅くて出来事ばかり追っているようなのに出て来る人物は、大概はアパートに住んでいる。アパートを土台にしているのだから、そうなるのは当り前で、現代が掴めているのはそこの所だけであり、現代の他の面は素通りすることになる他ない。ラスコリニコフが住んでいたのは安下宿でも、その陰惨な生活の枠になるだけの幅も奥行もあるのに対して、今日の日本のアパートには陰惨なものさえもない。

ということは、こういうアパートも近いうちには必ず過去のものになるに違いないということが一つと、もう一つは、現代生活の不安と呼ばれているものにも、この種類のアパートと同じ位底が浅い面があるのではないかということである。木造モルタル四畳半十室のアパートが輪タクの後を追って消え失せる時代が来れば、不安ももっと歯ごたえがあるものに変ることと思われる。我々は先《ま》ずアパートを出ることである。併しまだ暫《しばら》くはアパートに住まなければならないならば、どうすればいいのだろうか。それがいやでたまらないということが、一つの抜け道になることもあるかも知れない。アパート生活がどん底なのではなくて、その生活にどん底の思想が必要なのである。

楽天主義

住宅の点でも、昔は楽なものだった。自分が現在住んでいる家が何かの理由で気に入らなくなれば、市内をぶらついて「貸家」という札が下っている家の中で恰好なのを選び、家主と交渉して引っ越して来ればよかった。家賃は昭和の初期で月に十二、三円の所が普通で、二十円も出せば屋敷と呼んで構わないものが借りられた。そしてそれよりも、家は借家に住むのが当り前だったのが嬉しいことなので、自分の家を買ったり、建てたりするのは金持がすることだった。

どこかに住まなければならないから、家を一軒借りるというような、必要なことが何でもなく出来るというのは魅力である。貧乏すればそれが出来ないのが、余程の貧乏の場合に限られているのが住みいい時世というものなので、尋常に貧乏することも許されないのでは話にならない。何故話にならないかと言うと、どっちにしたって構わない筈のことで苦労しているうちに、それが実質的にも大変なことに思われて来るからである。そうではなくて、本当に大変なのだと考えるものもあるかも知れないが、そんなことはない。ものを食べるのが何が大変だろうか。煙草を吸うのがどうして得難いことだろうか。そういうことをすること自体を楽むということはあるが、その価値を求めれば、結局は我々が生きているのはいいことだということなので、生きていることも、それればかり思い詰めていれば有難いことでも何でもなくなる。

我々が生きる為に死にもの狂いになるのも、当然していいことを邪魔されるからではないだろうか。併《しか》しその為に幾ら苦労しても、それで生きていることが世にも貴いことにはならない。そういう風に考えないでこそ、生きているのはいいことなのであって、苦労した甲斐があってこうしていられるだの、どんな苦労をしてでも死ぬことだけはだのと思うのは醜い。それが例えば戦争中は、別に貧乏ではなくても、一本の煙草を手に入れるのさえ大変なことだった。食べることは勿論であって、その為に烈しい競争を繰り返していたのだから、見方によっては滑稽である。併しものもあれだけなくなって来れば、一面では無邪気にもなれて、やっと手に入れた白米を食べている時に、自分は満員電車で買い出しに行った苦労の報酬を受けているのだなどとは思わず、ただいい気持だった。酒が入れば、早速皆に来て貰って飲んだ。あれは苦労の汚さを知らない苦労だったのである。例外はあるだろうが、それはいつでもある。

苦労の汚さというのは、例えばアル中がどんなことをしてでも酒を手に入れようとすることを思えばいい。酒はそれ程貴重なものではないが、アル中は酒のことだけで頭が一杯なのである。誰もあんな真似はしたくないと思って、そして苦労だけは別格に祭り上げている。時代がそうさせることも事実であって、一軒の家に住むことのみならず、入学、就職、納税と、それ自体は面白くも可笑《おか》しくもないことが一々仰山な手間を掛けて漸《ようや》く実現される。それでこの頃の青年は実際家で、入学と就職と脱税のことばかり考えていると言われるが、もしそれが本当ならば、それは実際家ではなくて、単にいじめ附けられているに過ぎない。実際家は考える前に実行に移す筈であり、その程度にならば我々は皆、実際家でなければならない。確かに苦労が多い今日の時代に、何が最も苦労の仕甲斐があるかと言えば、それは苦労を忘れることである。

暗黒面

暗いとか、不安とかいうのは、日本では何か湿っぽいことに考えられているようであるが、暗いという以上、それがはっきり暗いということ、というのは、明るいのに対立するものでなければ困る。光がなければ視界は暗黒になるのであって、これはじめじめなどしていないのであり、仮に足許がぬかるんでいても、我々はそれだけ却って緊張して、その印象は暗い顔という風なこととは凡《およ》そ違っている。暗い顔は大概の場合は、意気地なしが途方に暮れた時の表情に過ぎない。

大体、暗いとか、不安であるということとかが、人間がそこで一息つける状態ででもあるように解釈されているのが不思議である。人間が安心して不安でいられるだろうか。併《しか》しこの不安という言葉を使う人間の多くは実際にそれで安心しているとしか思えなくて、自分の生活は暗いと言って溜息をつくのが、一息つくことと変らないのである。ということは、カチューシャ可愛やの境地から大して進歩したものではない。トルストイの『復活』は別に傑作ではないかも知れないが、この作品には風呂敷に似たものを頭から被った女が吹雪の中に立っている種類の、我々にはお馴染みの絵に相当するものは何もない。『復活』を読むものが感じるのは、放って置けば凍え死んでしまうシベリヤの寒さであり、それよりも、自分の思想をどうにも処理することが出来なくなった作者の錯乱した姿である。併し不安だと言って安心していられるのなら、『復活』もカチューシャの泣きべそ顔で片附く。

絶望が凝って歌になることもあるというのは小林秀雄氏の言葉であるが、その辺りからこの種類の観念が日本語でもその具体的な形を取ることになったとも見られる。絶望が凝って歌になることもあり、不安が極まればそこに救いの観念か、克己主義が生じなければならない。何よりも明かなことは、不安は堪え難いものであり、暗い思いをするのが続けば、人間は死ぬ他ないのだということであって、『復活』がカチューシャですむのが不愉快なのは、そういう方向に頭が働くことが凡《およ》そ論理を無視しているからである。そして不安というようなことを口にする人間はその上で一応は論理を追う様子をするのだから、救えないのである。何も日本人だから暗いことが他のものとすり換えられるのではなくて、ただものの順序を追って考えることが、どこの国の人間にとっても辛いのだという、至極簡単な事情がそこに認められる。併し辛いことを避けるのは、どこの国の人間にとっても名誉なことではない。

或《あるい》はもっと正直に、辛いことは辛くて、暗いことはいやだと言ってしまえばいいのである。暗い顔付き、というのは、意気地なしの表情をした所で暗いことが明るくなる訳ではないし、暗い話をして廻って他人に迷惑を掛けるよりは、本性を現してけろりとしていた方がどれだけいいことか解らない。少くとも、その場合そこに嘘はない。戦争が始る何年も前に言われた明朗ということのように、今度は明るくするのが義務になっても困るが、要するに、その時々に吹く風の具合を気にしないで普通にやっていれば、今日費されている言葉数の半分ですむ。併しそれでも、四方から我々に迫って来て手も足も出なくさせる壁というものはある。そしてそのことに気附いた時、我々はただ黙ってその壁を見詰めていなければならないので、これは他所事《よそごと》ではない。

笑い

ハーディーの日記に、道端に荷馬車が一台止っている脇を通って、それを引いている馬の眼にただ絶望しか読み取れないのでたまらなくなり、大急ぎでそこを離れたという一節がある。ハーディーには万事がそういう風に眺められたらしくて、彼の顔は風雨に打たれた岩山か何かに似ている。英国の文学にはこういう悲観論者が案外に多いので、それはこの文学を生んだ民族が如何《いか》に逞しい肉体の持主であるかを思わせる。

そして不思議なのは、それが英国の文学に就《つい》ての凡《すべ》てではないことであって、それが尤《もっと》も、当り前なのかも知れないが、ディッケンスのような小説家は登場人物にふんだんに御馳走を食べさせるだけで我々までを陽気にさせ、豚の脚や七面鳥の焼いたので我々を酔わせる。ディッケンスが街で馬車馬の傍を通り過ぎたならば、馬の眼を見て人参を欲しがっているのだと判断したに違いない。そしてこういう腹の底から込み上げて来る笑いや茶目気分と、心も凍り附き、もの音も聞えなくなる悲痛は何れも同じ人間の心の動きであることを知るのが大切であって、そのことがこの外見上は相反する二つの事実を結び附けている。悲劇は全部を語らず、マクベスに妻子を皆殺されたマクダフがやがてその記憶も薄らぎ、ウイスキーを飲んで御機嫌になっているような場面が出て来たらぶち壊しであるのに対して、叙事詩、或《あるい》は小説ならばそういう事実の全部が書けると言った批評家がいるが、これはただ『マクベス』という作品にはそういう場面がないということに過ぎないのであって、ハムレットは陽気に舞台一杯に洒落のめして廻る。

妻子を失った男がウイスキーで酔っ払っている場面があったら、悲劇の効果は倍加しはしないだろうか。シェークスピアは『マクベス』では別なことを考えていたのでそれをやらなかったが、彼は他にハムレットもリヤ王も作っている。死ぬかと思う悲しみは知っていながら、笑うことが出来ない人間は不具であって、それ程の苦みが味える心があるのに笑えない訳はない。人間にそのとことんの本音が吐くことが許されたら、恐らく何か得体が知れない叫喚になり、それは咽《むせ》び泣きにも、笑いにも聞えるに違いない。苦笑などしている間は、人間は本当に泣くことも出来ないので、だから我々は真底から明るい顔なら信じていいが、暗い顔というのは一応は用心して掛る必要がある。悲み抜いた顔には何か明るいものがあるのに対して、暗い顔が暗いのは、我々が凡て無気力なものに反撥する為であることもあるからである。

日本人は直《す》ぐ笑うと言われるが、これは我々が我々の心の動きに敏感であるからかも知れない。事件が或る所まで来れば、もう泣いても笑っても構わないのであって、とうとう笑ってすませなくなって泣く先には哄笑が待っている。大体、笑うというのは可笑《おか》しいことなのだろうか。寧《むし》ろそれは驚きを表すもののようであって、その点でも泣くのと似た所があり、我々は同じことに就《つい》て自分に向っては泣き、他人には笑う。それが礼儀だからであるよりも、涙と笑いの関係がそうなっているので、これは息をするのと同じことである。作り笑いも出来るが、安っぽい涙も流せる。その場合は、この二つは別々のものであって、表面のことを問題にする必要はない。悲劇と喜劇に就てその上下を争うこともないので、その何れもが我々を充実させてくれる。笑いは涙と同様に美しいものなのである。

負け惜み

日本人はよく笑うかも知れないが、この頃の日本人が真面目なことは真面目なこと、そして笑っていいことは笑っていいことと区別して考える傾向があるのは、余り自慢になることではない。その点、この頃の日本人は昔のフランス人が悲劇というものに対して取っていた態度を思わせる。ここでは芝居でやる悲劇のことを言っているのであって、昔のフランス人は、悲劇は高級で真面目な演劇の形式であるから、凡《およ》そ見物を笑わせるような場面を入れることは慎むべきだと考え、喜劇と悲劇を混ぜることを何よりも嫌った。

悲劇は悲劇と区別したので、フランスの古典劇が見るに堪えない窮屈なものになった訳ではない。確かにラシーヌの作品まで行けば、我々は笑うことを忘れて幕切れまでその詩に惹き附けられている。笑うことと息をするのは違うのであって、我々は笑わなくても少くともそう直《す》ぐに死ぬことはない。併《しか》し悲劇は真面目なものだから笑ったりしてはならないという考え方自体には反対していいのであって、笑っても構わない実例にシェークスピアの悲劇がある。そう言えば、シェークスピアの作品が日本に始めて紹介された時にも、これがフランス流に大真面目に受け取られて、そのお蔭で訳が解らない日本製のハムレットが出来上った。本当のハムレットはもっと浅墓な人物だというのではないので、そういう風に話が食い違う所にもフランス流の、或《あるい》はこの頃の日本風とも言える見方が顔を出すのであるが、シェークスピアの人物はふざけて廻ってそして悲劇の主人公になれるだけ、ラシーヌの人物よりも我々の人生に近いのである。

西洋の話を離れて、例えば日本では何か深刻な問題を考え、それに就《つい》て意見を発表などする人間がいれば、この人間はいつも深刻な問題に就て意見を発表しているような顔附なり、生活なりをしているのだという風に早合点するものが多い。これは、そういう真面目なことがしたくなる気持はいつも真面目でいることから生れて来るという幼稚な因果関係の辿り方をする為であって、そこに更に、笑うのは不真面目だという、同じく子供臭い勘違いが加っている。はっきり言ってしまえば、真面目か不真面目かはどうでもいいことなので、問題は一つのことと取り組んだ場合、それに就て徹底的に考えることであり、そうすれば、その滑稽な面も深刻な面と一緒に認めることになって、この二つは多くは切り離せないことも解るのである。泣いたり怒ったりするだけでなしに、笑うことも出来る筈なのである。

併しこのことは、今日の日本では解っていない。そこの所はひどく泥臭くて、小説でも書いていれば、貴い芸術の為に身を捧げていることになり、そして笑ってはならないという原則があるから、小説家でも、代議士でも、或はその他誰だろうと、或る一つの問題を取り上げれば、その問題に就ての話の進め方までが初めから決められてしまっている。恐しく窮屈なので、笑うというのは一つのことを、別な面からも眺めることなのであるから、笑っていなければ窮屈になるのも止むを得ない。窮屈で、窮屈でたまらないので笑うと、それが又凡そ空々しく聞える。日頃は笑えるだけ充分に頭を使っていない阿呆の笑いだからである。狂言に、滑稽本に、あれだけ豪快で無邪気な笑いを残した日本人の、これは末路なのだとは併しまだ思いたくない。

眠ること

笑うというのは気分の転換にもなる。だから我々は時々笑って命の洗濯をするのであるが、それには眠ることに越すものはない。勿論、眠るのにも色々な種類があって、ひどい夢を見続けた挙句に、床に入った時よりももっと疲れて目を覚すこともある。併《しか》し普通の意味で眠った後の気持は酒にも、いい景色にも換え難いのであって、これに先《ま》ず近いのは腹が空いた時に食べものにありつくことかも知れないが、寝不足なのは腹が空いているよりももっとたまらないものであって、それだけ眠ることの方が食べることよりも有難いのである。

人間にとって何よりも重荷になるのは意識の持続であると考えられる。我々がいい気持でいる時は、現在がそのまま楽めるので、この間、覚えているということをする必要がない。そして我々が何かしら覚えているという状態にあることを免れるのは、我を忘れているのと同じであって、逆にいやなことはいつまでも頭に残って我々を苦める。既にどの位の間そういう目に会っているかが忘れられないから苦しいので、貧乏でも、失恋でも、或《あるい》は単なる頭痛でも、意識の負担さえなければ、我々が知っているようなものではなくなる筈である。偶《たま》に貧乏であることに気附くだけのことならば、貧乏などは貧乏というものではなくなるに違いない。地獄の苦みも、キリスト教では、それがいつまでも続くことにあるとされているようである。

生きる苦労というものも、生きて行く上で経験する色々な不本意なことが、あれもこれも、税金も、人の噂も、隣のラジオも、横柄な役人も、因業な家主も、皆我々の記憶に残り、それが現在も我々の身近にあることを思わせるから苦になるのではないだろうか。何かいやなことを一つだけ取ってもいい。仮りに或る人間を不愉快に思うとすると、それが長引くだけ、ただ長引くだけのことでその人間が益々不愉快になり、それはそんなことを考え続けなければならないことに対する我々の精神の反撥を示すものらしい。併しそれを止めるだけの精神力がなければ、精神は反撥するままに、相手の人間が殺したくなる所まで我々を引っ張って行く。夜も、そうなれば眠れなくなるのである。苦にするというのは、大概はそういう形式を取るのであって、それ程のことが何もなくても、我々は一日の終りには、一日生き続けたことがいい加減辛くなっている。そして眠くなるのである。

眠ることとは、我々をそういう意識の連続の一切から切り離してくれる。夢に昼間の出来事をもう一度見た所で、我々の頭が余程ひどいことになっていない限り、それは眠っている我々として見ているのであり、筋は滅茶苦茶で、我々は昼間の論理を忘れて眠り続ける。

このように完全な場面の変化は、他に我々の肉体の世界にはないのであって、完全な変化はそれまでの時間の持続からの解放を意味している。意識が続くことを我々が嫌うのは、一つのことを始めれば、それをその終了まで持って行くのが普通で、宙ぶらりんの状態に置かれた精神が、終りが来ることを望むからに違いない。だから、仕事が終っていなくても、我々は夜は切り上げて眠る。併し精神の衛生の為にも、眠るのは何も夜に限らなくていい筈である。そして意識をただ意識として持続させることも出来なければならない。余りくよくよしている時は、その間だけ眠っていることを思ったらどうだろうか。

お談義

現実に密着するというういやな言い方がある。蠅が蠅取り紙にくっ附いているようなべたべたした感じがするが、これも現実から遊離するだの、その前は、逃避するだのという、まるで現実というのがそこに我々が密着していなければならないものだという風な、欲張りが財布をしっかり握っているのに似た考えから生れて来たものに相違ない。もう一つ、この言い方が聯想《れんそう》させるのは、絵をよく見る積りでこれに鼻の先を押し当てそうにしている人間の図である。鼻を本当に絵に密着させれば、もっとよく絵が見えるとその人間は考えている。

第一に、そういう意味での現実というものは存在しない。現実というのは何だろうか。木や、石や、友達や、結婚式は存在するが、それだけでは現実にならない。結婚式の現実と言って見た所で、そこに来ている人間によって違うので、少くとも花婿と花嫁にとっては同じだろうなどと思う人間は、一心同体という種類の言葉を現実という言葉と一緒に鵜呑みにしているのである。結婚式にも色々あるから、或る結婚式と言って正確を期するのと同じ具合に、或る現実と指定すればすむと考えるものもいるかも知れないが、現実の場合はそれも許されない。或る結婚式と言えば、その結婚式のことなのが誰にでも解る。或る現実、例えば或る結婚式の現実となると、だから、花婿にとってと花嫁にとってで既に違っている。つまり、一つの石に誰でもが頭をぶつけられるのと同じ具合に、誰でもが頭をぶつけられる一つの現実というものはないのである。

そして我々は、現実に頭をぶつけることが出来るし、又始終ぶつけている。にっちもさっちも行かなくなって首を括るのも、その時の現実に負けてであって、その一部をなしている金詰りとか、高利貸しとか、女とか、脅迫状とかだけで首が括れるものではない。その他に体の調子とか、天気の具合とか、先祖にどういう人間がいたとか、要するに、その人間がその時これが現在の凡《すべ》てであると感じたものが、この人間を殺した現実なのである。

そしてこれは、他人にとっては何だろうか。他人にとっては、その人間が首を括ったということがその他人にとって現実であるものの一部をなす。我々が本当に正確を期したければ、大概の場合は現実の代りに事実という言葉を使った方がいいのである。人が首を括るのも、結婚するのも、誰にでも認めることが出来る事実であって、その事実が構成する現実は問題にならない。

併《しか》し我々は本当を言うと、現実によって生きているのであって、事実によってではない。誰かが結婚したという事実などは、我々が生きて行く上では、又そうして生きている我々にとっては、全く何の意味もないことなので、それが他の色々なことと結び附き、その為にその時の現実が別の現実になることもあるし、事実の方が直《す》ぐに消えてなくなることもある。そして又、現実というものが存在することに全然気附かずに生きている人間もいる。現実は人によって違うが、その多様な姿を通して、現在の時間はかくあってそれ以外のものではないという一つの形が成立し、その形は一つであって、それを見る力があるものにとって始めて現実ということは意味を持つ。それは、事実の集積から離れて立つことでもある。現実は、それに密着することなど出来ないものなのである。

そっぽを向く

大体、世の中というものは、という具合に、あれはああで、これはこうと決めて掛る考え方は少しも有難いものではない。それ位ならば、君には忠、親には孝と決めて考えた方がまだしもであって、親には孝は少くとも、世の中というものはどうだこうだと講釈するのよりもっと意味が摑み難いということはないし、それが漠然と親にはよくすることを指すことが解っているだけでも、誰もがそうと思い込むのは悪いことではないと言える。君には忠の君が何であるか、今日ではその観念がないものが多くて、忠に至っては封建的とかいうことで片附けられることになるかも知れないが、これも主人によくする、ということで行けば、別に不都合なことはない。

併《しか》し君には忠、親には孝も、実際は退屈極る代物であって、どんなに退屈かは、少し昔に育ったものならば覚えている筈である。雪を掘ると筍が出て来て、その記憶のお蔭で一《いっ》茶《さ》が父親の為に無理をして梨を探す件りも、又かと思うばかりだった。自分の子供にないものねだりをする親などというのはひどい碌《ろく》でなしである。今ならば話し合いでそれが不合理であることを納得させ、そこにも形は違っていても、底を割って見れば、やはり君には忠式の考え方が顔を出す。昔は親には孝で、今ならば話し合い、親に説法、民主主義で、内容はもっと複雑になったが、窮屈であることに変りはない。或《あるい》は内容が複雑で、それだけ摑み難くなったから、もっと窮屈かも知れない。

皆が、ハイル・ヒットラーと言っている時に、自分も右手だか、左手だかを挙げて、ハイル・ヒットラーと言うのは少しも面白くないことなのであって、面白くないのみならず、その間我々は夢遊病者も同様に行動しているのである。そこには一点の疑念もなくて、そういうことを我々は一切、ハイル・ヒットラー、或は親には孝、或は又民主主義に預けているのであり、そうしなくては申し訳ない相手が、あの世間様という言葉に要約されている。世間様に対して申し訳がないから、我々は世間様が言う通りになり、世の中はと講釈する横丁の御隠居、或は、今日の社会はと演説する知識人に耳を傾け、我々の精神は休業状態にあるのだから、それは夢遊病者と同じことではないだろうか。千万人と雖《いえど》も、と誰か偉い人が言うと、千万人と雖も、と千万の人間が言って、歩調を揃えて歩き出す。それに一度逆って反対の方向に歩いて行って見たら、孟子の言葉も少しは生きるかも知れない。

それは我々がやっていることだと、今日の人間であることを自負している一部のものは答えるのに決っている。我々は、であって、決して私は、ではないのである。既成道徳の打倒だとか、古い殻を破るだとかいうことは恐しく勇しく聞える。併し既成道徳などというものは影も形もなくて、古い殻が破りたくても、その殻がそれよりも先に壊れて捨てられている時に、そしてその上に打倒だの、破るだのが時代の合言葉になっているならば、打倒したり、破ったりするのはやはり腕を組み、歩調を揃えて、夢遊病者の真似をすることである。

そしてそれをしなければ世間様が、というのは、今日では社会だか、進歩だかが恐いのでは、益々親には孝の昔のことが思い出される。それがいやならば、偶《たま》には千万人を離れて自分でものを考えて見ることである。今からでも遅くはない。

小事件

二・二六事件というものが起ったことがある。その名が示す通り、昭和十一年二月二十六日に俗に麻布の一聯隊《れんたい》と三聯隊と呼ばれていた部隊の一部が叛乱を起して（というのは、これは日本の兵隊であって、その頃の日本は陸軍というものがあったり、海軍というものがあったりした）、当時の内大臣、大蔵大臣、陸軍の教育総監などを殺し、侍従武官長、内閣総理大臣などを襲い、今上陛下の勅諚によって鎮定した。

二・二六事件は勿論、何かと文献に出て来はするが、この頃の妙ちきりんな歴史の本に書いてあるような調子でなしに、個人的に当時の記憶を辿るならば、それは東京に大雪が降った後のことで、朝起きて見ると変にひっそりしているのが、雪が降った後の朝らしくて、その積りでいると、どうやらそれだけでもないことがそのうちに解った。併《しか》しそれで方々で騒ぎになったと思ったら大間違いで、静かなのが続き、それはものに怯えて誰も外に出て来ようともしないからではなくて、その反対に、皆平気でいるからだった。軍部に対する反感がこれで一つの具体的な裏附けを与えられたのと、御前会議が開かれて、大概の文武の高官がおどおどして今にも青年将校の内閣でも出来上りそうだった時に、陛下が一言、「叛乱軍をどうする、」と仰せられて議が決したのが一致し、そこに天皇と国民があり、そのどこか周辺で陸軍が醜態を演じているという風な恰好になったことが如何にも日本が常態に復したという印象を我々に与えたのである。満洲事変が起ってから五年目だったから、それまでの日本は何かに附けてい心地が悪かった。

つまり、事件が起ってから暫《しば》らくの間は久し振りにい心地がよかったのである。新聞はことある毎に軍部を褒め上げるのを止めて、匿名欄には軍部の悪口も出た。今日のどことなく進歩主義的な空気と同じで、当時のどことなく軍国主義的な空気は、それがどうにでも取れる摑まえどころがないものだっただけに輿論を左右し、日本の新聞の宿命で、新聞もこれに同調しなければならず、電車に乗れば、我々も隣のおっさんが気焔を上げるのを黙って聞いていなければならなかった。それが二・二六で一時的にもせよ、鳴りを潜めたのである。暫くは静かで、夕方、まだ降参しない叛乱軍の部隊の番兵が寝ぼけ眼で立っている前を通って飲みに出掛けると、バーの隅で今度は帝大の学生が気焔を上げていた。学生は、我に迫撃砲を一門与えるならば叛乱軍をぶちのめしてやるのに、と悲憤慷慨《ひふんこうがい》しているのだった。別にこっちもそれに釣り込まれた訳ではないので、ただ学生はつまらなそうな顔をしてデモったり、つまらなそうな顔をして率先して軍事教練をやったりするよりは、悲憤慷慨している方がいいのである。世間がそこに活字と虚勢に歪められない、ありのままの姿を呈しているのだった。この頃の本を読めば、二・二六で軍部の横暴は極り、人は皆暗い気持のどん底に突き落されたと思うだろうが、決してそんなことはなかったということをここに書いて置きたい。寧《むし》ろ、軍部は滑稽を極めたので、その後に情勢が戦争に向って進展したのは、一部の兵隊が叛乱を起した位では食い止められない、もっと世界的な動きだったのである。そう言えば、今日の日本もまだ常態に復してはいない。もうそろそろ世界的な動きに引き摺られるのも止めていい頃である。

軍　部

今日生きているものの多くは軍とか、軍部とかいう言葉がその昔どんな風に響いたかを知らないか、或《あるい》はもう忘れてしまっているに違いない。併《しか》しこれは、こういう言葉が用いられていた時代には大した効果があるものだった。軍官民とか言って、日本にはこの三つの階級があるようにも取れたが、その中で疑いもなく最も上に位しているのが軍だったので、国民は軍のお情で生きている形だった。そしてこの軍は、何かに附けて天皇陛下を持ち出すのを忘れなかった。天皇陛下が偉いなら、その次に陸軍大将が偉くて、陸軍大将の次に偉いのが陸軍中将という具合に段々に下って行き、末の方の下士官にまでその偉さが及んだ。

陸軍大将なのは、この軍を振り廻すのが主に陸軍だったからであるが、軍は陸軍ということだけで片附く程話は簡単なものではなかった。その正体は、実際には遂に摑めなかったのである。これは、軍という言葉の意味が曖昧で、それだけ威力があったこととも関係があり、表向きには天皇陛下であっても、背景には武力があることをちら附かせ、私利私慾から無鉄砲な戦術や政策に至るまでを無理押しに通そうとする人物が軍部の各層にいたのが、この軍という集りの中心になり、そして他の軍人も軍人である以上、軍を支持する形にならざるを得ない場合もあった。つまり、文字通りの兵力である軍に加えて更に、この強持てがする軍があったので、それが何かと言えば兵力である軍に寄り掛り、そして天皇陛下を担いで廻ったから、全く始末に負えなかった。

この他に、軍人ではない右翼なるものがあったが、これは軍が威勢がいいのが頭に来たか、或はその事実を利用する何れも頭が濁った連中だったから、軍があっての右翼で、別にここで問題にすることはない。要するに軍で、軍の天下だった。そしてそうなると、理由がなくて膨れ上ったものの心理で、自分達が得たものを少しでも失うことが何よりも気になり、これに対しては、或はただ自分達の方でそうと錯覚しては、軍民離間などと言って騒ぎ、やがては、折角得たものを確保するには逆に各方面に向って間口を拡げて軍部以外の要所要所を固めるに限ると考えるに至って、軍人が文部大臣になったり、商工大臣になったりして、これは、例えば、とてつもなく大きな軍艦を作ることを計画して、次第にその寸法を伸ばして行くうちに、しまいに全世界を一つの軍艦に変えることを望むことになるようなものである。

日本というのは不思議な国で、この途方もない存在だった軍のことは今日では完全に忘れられている。終戦直後には、軍を何かと、言わば安心して攻撃するのが流行したが、それは我々を苦めて日本を麻痺状態に陥らせた軍であるよりも、陸海軍全体、そしてその範囲は間もなく押し拡げられて戦争そのものが目標になったのであって、そこまで行けば、軍という言葉に凡《すべ》て強引で無反省で、そして陰険で狡猾なものの印象を与えた軍のことなどは、いつの間にかどうでもよくなるのは当然である。併し戦争に反対するのは結構でも、そんな雲をつかむような話に眼の色を変えるよりも、日本に二度と再びあの軍のようなものが出現することを許さないことを考える方が大切である。自衛隊をこと毎にけなす代りに、何故もっと国民全体でこの軍隊の卵に正常な関心を示そうとはしないのか。

海軍

在郷軍人会なるものに入会させられて、週に何回だったか、銃剣術だの、敬礼の仕方だのの練習を散々させられた挙句に、召集令状が来て入ったのが、そんな銃剣術や敬礼の仕方が何の役にも立たない海軍だった。今から思えば、これは当然だったので、我々丙種の国民兵は全部、海軍が取ることになっていたのだから、丙種に限ってあの兵隊さんごっこをやる必要は少しもなかったので、それをやらせたのは在郷軍人会が海軍行きを忌々しく思ったからなのか、それとも、丙種が海軍に行くというのが一種の機密だった為か、その所は解らない。

海軍が丙種を全部貰うことに陸軍と協定したのは、これで確か農工隊と称したものを組織して農工業方面で増産を図ることを、海軍の誰かが思い附いたからである。併《しか》し入隊した我々は、一応は普通の海軍の兵隊としての訓練を受けた。陸軍式の敬礼の仕方が役に立たなかったのは、海軍ではあんなしゃちこ張った恰好で敬礼しないからである。こっちが相手に敬礼していることが解れば、それですむ、銃剣術が海軍で必要でないことは説明するまでもないが、あの銃剣術でも、在郷軍人で受けた訓練では随分、形式に走ったことが多かった。第一、直立不動の姿勢にあれ程の勿体を附ける必要がどこにあるだろうか。海軍では、直立不動の姿勢は直立不動の姿勢で、それが軍人精神を表すのだの、ジャムだのバタだのという、馬鹿の一つ覚えに類することは言わなかった。軍艦が太平洋の大波に揉まれている時に、直立不動の姿勢を取って見た所で仕方がないのである。

海軍で受けた猛訓練の一つは、吊り床、つまり、夜寝るのに用いるハンモックをほどいて吊るのと、朝、吊ったハンモックを降してもと通りの形に巻くのを短時間でやることだった。目標は三十秒だった。そしてハンモックと言っても、これは我々が普通に使うあの網で出来たものではなくて、寝具一切が中に巻き込んである重い帆布製の、長さが五、六尺はある代物だった。そしてこれを早く、固く巻いて縄を掛ける訓練が必要だったのは、夜間に戦闘が起った場合は直《す》ぐにこれをそうして巻いて格納し、船が沈めばこれが救命具の代りになるからだった。早く吊り床を降すことが出来れば、これが早く巻けるようにもなる。もう一つの訓練は甲板掃除で、これも説明するまでもない。海軍では、軍艦をぴかぴかに磨き立てることを軍人精神、或《あるい》は少くとも海軍の軍人精神の現れと見ていたようである。

要するに、海軍にいて感じたことは、凡《すべ》てが実戦を目的にして行われているということだった。そしてこれは考えて見れば当り前のことで、海軍は陸軍と違い、軍艦に乗って海の上を進むのであるから、下手なことをやれば船が沈み、馬鹿でも地面から足を踏み外すことはない陸軍のように形式主義に流れる暇がない。それに軍艦の運転や艦砲の操作には高度の技術が必要であって、頭を働かすことが出来なければ勤らず、それで今度の戦争でも、海軍はいつも実戦本位で行き、又その見地から戦争が始るまでは戦争に極力、反対したのだと思う。そしてこれからの戦争では空軍が中心になって活躍することは明かであって、空軍に勤めるのには海軍以上に頭を働かせなければならない。そうすると少くとも、我々はあの在郷軍人の馬鹿面風なことだけは、これから免れるのではないだろうか。

漸進主義

戦争中のことや、それまでの何年間かのことを思うと、確かに色々なことが大分よくなったのではないかという気がする。ものがなかったのが又あるようになり、中には前よりももっといいものがあるという意味ではないので、その点では恐らく日本は、まだ当分の間は貧乏暮しをしなければならないに違いない。沖縄や千島は勿論のこと、南樺太、朝鮮、台湾を領有して世界一杯に活躍していた日本人が本土だけに閉じ込められることになったのだから、これは仕方ないことである。

併《しか》し例えば、軍と時局を振り廻す在郷軍人はいなくなった。時局が推移し、軍がなくなり、在郷軍人会は解散させられたのだから、これは当り前なことかも知れないが、これからはいつか又同様の真似をする人間が出て来ても、誰も取り合わないだろうということがここでは言いたいのである。或《あるい》は、まだそう考えるのは早過ぎるだろうか。そのうちに仮に軍隊が復活し、徴兵制度が布かれて、日本が国際的にも昔に近い位置を取り戻したら又、天皇陛下を担ぎ廻る人間が時局を論じるのに誰かれとなく釣り込まれることになるのだろうか。併しそれには、今度の戦争で払った犠牲が大き過ぎると思われる。肉親を失い、家を焼かれ、倒産し、そして又、軍人の風上に置けないような軍人の醜態を見せ附けられたものが多過ぎるのではないだろうか。軍隊は何れ復活するだろうし、軍隊があるならば、満洲事変以前にあった位の徴兵で兵員を養成するのが合理的であると考えられるが、それで再び軍国主義や、日本式のおせっかい主義が戻って来る程、今度の戦争の経験がけろりと忘れられるものとは思えない。

そのおせっかい主義も、少くとも昔よりはよくなった感じがする。一つはゴルフが普及していなかったせいもあるのだろうが、戦争が始る頃はゴルフ・バッグを担いで電車に乗っていると、隣のおっさんが時局に就《つい》てお説教したものである。そのもっと前に、女の子が当時の流行に従って断髪して街を歩いていると、巡査が摑まえて、やはり時局に就て注意したりしたことがあった。尤《もっと》も、英国がクリスマス島で水爆実験をやったからと言って、全学連が英国大使館の前でデモをやっている写真などが新聞に出ると、おせっかい主義が早くも若い世代に再び芽生えつつあるのではないかとも思いたくなる。黙って見ていなければならない時に、もう頭に来てしまって、何かしないではいられないのが、日本式のおせっかい主義の真髄である。

併しそれが再び一般の風習になるのには、今日の日本では思想の自由が認められているなどということ以上に、思想の自由を認めざるを得ない程度に皆が考えていることが区々《まちまち》になっているということは言えると思う。劃一主義に引き摺り回された苦い経験があってのことであり、その為に劃一主義の根拠になる基準など、信じるに足るものは何一つないことをいや応なしに知らされたからである。それが解った上で、皆が共同に行動する際の基準が生れて来なければならない。そして考えて見れば、そういう自由と規律の両面を備えた基準は、今まで何もなかったのである。戦争が悲惨なものでしかないことを知っていて、それでも戦場に向うということも、今まで考えられなかった。今までは今までで、これから又出直さなければならない。併しその出直し方には希望を持ってもいいと思う。

明治調

今までの日本というものに就《つい》て考えて見ると、第一に気が附くのは、我々が如何《いか》に恵まれていたかということである。明治維新の頃のことを研究している或るアメリカの歴史家が、日本では幕末の時に勤皇派にも、佐幕派にも偉人が輩出して、それがやたらに斬り合ったり、牢屋に放り込まれたりして死んでしまったのだから、後には屑しか残っていない筈なのに、それでもまだ維新の際にあれだけ優れた人間がいて新しい日本を作ったというのはどういうことなのだろうと、不思議がっていたという話を聞いたことがあるが、この言葉に嘘はない。

何故かは解らないが、と言っても、歴史に就て何故かと思うのは根本的には無駄であって、我々はしまいには、ただ事実を事実と認める他なくなるのであり、それで、理由はどうだろうと、幕末から明治年間に掛けては日本には幾らでも偉い人間がいて、その連中が今日までの日本を作り、それだけではなくて、そういう人達がした仕事こそ、今日までの日本だったと考えて少しも差し支えないのである。それは今日の日本でもあるかも知れなくて、そこの所のことがはっきり言えないのは、我々は主に過去のそういう連中が附けてくれた惰性によって生きて来たからに他ならない。その後に多少のへまをやるものがあっても、土台はしっかりしていて、当分は心配する必要がなかった。そしてそれでいい気になって、何もかも滅茶滅茶にしてしまったのである。

だから、今日の惨状であるということの他に、それで色んなことに今日になって気が附いたのだということにも注意しなければいけない。例えば、今日の議会が話にならない乱脈振りを示していることは新聞記事の大切な材料の一つになっているが（議会が国会と呼ばれようと何だろうと、議会は議会である）、民選議院が実現したことに対する抱負に燃えていた創設当時のことは別とすれば、戦前の議会が今日のよりももっと立派に行動していたという事実はない。議会政治は日本ではまだ試験的な段階にあったので、これが確立される前に議員の方が今日の議会の先例を作り上げた。併《しか》し議員が反対党の攻撃に終始し、買収し、買収されても、日本の政治の運営は見事に行われていただけのことである。併しその当時も、日本の議会政治が幼稚だったことに変りはなくて、我々は今、蓋を開けて中を覗いて驚いているに過ぎない。そしてそれはいつかは我々がしなければならなかったことなので、我々はこれからでも議会政治を育てて行く他ない。

何を見てもそうなのではないだろうか。我々は今までは、ストライキと見れば応援する気になった。その為に我々が困ることはないし、資本家と労働者の対立となれば、労働者の方がいいと初めから決め込んでいたからである。併し今日では、階級闘争などという本から得た知識からではなしに、我々が生きて行く上でストの問題とも取り組まなければならない。労働運動も、労資協調も、実質的に発達するのはこれからである。或《あるい》は少くとも、これからの筈なのである。一部の学生が生意気な理論を振り廻すのも、昔の学生の一部が生意気な理論を振り廻したのとそう違っているだろうか。学生の方もまだ、明治の御代の夢を見ているのである。色々な仕事や経験をする余地が我々には残されていて、それで始めて我々は明治の先覚者の努力に答えることが出来る。

校長の禿げ頭

国の名は現在でもあって、そこに住んでいる人種は昔と違ってしまっている国が世界には随分ある。例えばエジプトは、これがローマの領土になって以来の歴史を見ても、そこに住んでいる今日のエジプト人が古代の、あのピラミッドや神殿を建てたのとは全く別な人種であることが解り、今日のギリシャ人も長い間、他所《よそ》の国に支配されていてトルコ人その他の血が混じり過ぎ、ホメロスやプラトンを生んだのと同じ人種であるとは到底言えない。イタリー人も、古代のローマ人の子孫であることを誇りにしているようであるが、あれだけ何度も北方の蛮族に征服されて、その祖先の血がどの位残っているか、保証の限りではない。

これに対して、支那のような国がある。そして日本もその歴史を振り返って見ると、今日の日本に就《つい》て余り性急に判断するのは考えものであることを感じないでいる訳には行かない。例えば、皇室に対する一般の人間の態度が現在と昔では非常に違っていることになっていて、これを大変いいことに思っている人間もいるようであるが、それは日本のどういう時代を昔と見るかの問題である。今日の日本人の一部が議会があることを知って、天皇があることを知らずにいるのは、今からほんの百五十年ばかり前の日本が、将軍、或《あるい》は自分が住んでいる地方の領主があることを知って天皇の名を聞いたこともなかったのと少しも違ってはいない。余り同じなので、今日の現象を文字通りの逆コースと考えることさえ許される。

併《しか》しそういう点では、我々は恐しくそそっかしいのか、或は又、単純な態度を取っているようである。明治元年が一八六八年で、それからまだ九十年とたっていないのに、これが大昔で、まだ終ってから十二年しかたっていない戦争の前と後では日本そのものが別な国になってしまったと思っているものさえある。併し民族も、国土も前と同じで、そんな気短かなものの見方が出来るものだろうか。一八六八年と言えば、ヨーロッパでは近代のうちに入っている。その近代という時代が日本には遅く来て、と説くのがこの頃では定石になっているが、近代などという聞えがいい言葉で騙されてはならない。問題は、いつから近代になったということではなくて、八十九年が歴史の上では極めて短い期間だということであり、そして一八六八年からまだ八十九年しかたっていない。明治元年に生れて少しばかり長生きした人間ならば、今日でも生きている筈である。

明治維新は確かに我々日本人にとって一つの大変な革命だった。余り大変だったものだから、我々はその前と後で一切を区別する癖が附いて、その上に、この明治維新で一変した日本や日本人の性格がそのまま固定してしまったように考える結果になった。そしてその前例に従って、我々の中には今度の戦争でそれが又一変したと思っているものもいる。併し日本のように長い歴史がある国で、何かことある毎に国や人間が一変すると考えるのでは困る。明治元年から数えて、その前に確実な記録が残っている期間だけでも、日本にはまだ二千年近い歴史がある。そして明治の革命は確かに大変なものだったに違いないが、実際は、それで何もかもがそう変った訳ではなかった。これからの日本人はもっと日本の歴史全体を見て、それを反省、或は発奮の、或は又、自信を持つ材料にする必要がある。

地理

日本自体を明治元年、或《あるい》は終戦の日から始った国と思うのみならず、国と言えば、世界に日本しかないも同然の頭でいるものが多いのだから、縦にも横にも了見が狭くなって始末が悪い。反米とか親米とか、ソ聯《れん》がスターリンを批判したとか、新聞の字面だけは賑かであるが、ソ聯も、アメリカも、又サウジ・アラビアもチェッコスロバキアも、人間である点では日本と同じ人間が住んでいる国だという実感があるものが何人いるのだろうか。

それ故《ゆえ》に話がいつも恐しく観念的になる。

或る国が怪しからんと言って、そこの大使館の前でデモをしに行く。植民地の土人がそこを支配している国の役所の前でやることであるが、それを日本人もやるのは、その国というのが一つの観念的な存在でしかなくて、従ってその国の大使館もこの同じ一つの観念的な存在の一部であり、そこに行ってデモって見せることは、その国自体に対して何かすることとなのだと思い込むからである。その昔々、大正の半ば頃に、太平洋で日米が戦う話が少年雑誌に連載されて喜ばれた辺りから、日本の対米感情だの、反英感情だのがいつも凡《およ》そちゃちなもので、直《す》ぐに支那をやっつけろという大会が開かれたり、日ソ不可侵条約が結ばれた途端にソ聯が立派な国になったりするのは、こうして我々にとっては支那も、ソ聯も、その他どこの国も、やっつけろと怒鳴ればやっつけることが出来る種類の、母もの映画に出て来る悪漢にも劣る影が薄い存在に過ぎないからである。そしてその影を相手に怯えたり、演説したりしている。

一人の人間、或は一つの事件で、その人間が属している国、又はその事件を起した国を判断するのは勿論どこの国でも多少は誰でもやることである。日本の兵隊が残虐行為をしたから日本は残虐であるという論法であって、戦争中で冷静にものを考えることが出来なくなっているとか、一般に国民の知的な水準が非常に低いとかいう場合に、他国に対してそういう極端な態度が取られる。併《しか》しそれならば、他所の国に対して大部分のものがそれ以外の態度を取らず、或は、取ることが出来なくて、もう少しましな頭をしている筈の知識人なるものまでがそれに巻き込まれ、政府もそれに動かされて時には戦争さえ起し兼ねないことになる日本という国は、知識人も政府もあるのだから野蛮国とは言えないし、これは他所の国のことである限り、誰もがいつも気が少し変になっているということなのだろうか。

つまり、日本以外の国は凡て《すべ》観念的な幻影なのである。そういう他所の国からも人が日本に来るのだから、それを見れば少しは考えてもいい筈であるが、多くの日本人は外国人に会って、別に考えはしないらしい。外国人がいない時の威勢をなくして卑屈になるか、いない時の態度で押し通すか、兎《と》に角《かく》、相手を自分と同じ人間と思っていないことは明かで、傍目《はため》にも気の毒でじれったい。一つには、日本が他の国から遠く離れているということも確かにある。その点では、二世紀以上も鎖国を続けて来たのはいいことではなかったので、ここでも明治以前の歴史が今日の日本の裏から覗いている。そして外国をこうして手軽に扱って何とも思わないことは自分の国に対する態度にも影響して、日本人が簡単に日本人をけなしたり、持ち上げたりして少しも怪まないのは、外国人を人間と考えないことと無関係ではないのである。

古人の月

外国に行って、少しでも気に入った土地があると心を奪われるのは、何と言っても、そこにいつ又来られるか解らないことを知っている為に違いない。留学その他でそこで何年かを過しても、或《あるい》は又、そこに更に三度も四度も戻って来る機会に恵まれても、それが自分の故郷でない以上、何れは又そこを去ることになるのは免れない。一層《いっそ》のこと、そこに定住することにしてしまえばそれまでであるが、その決心をする段になると、外国にいても自分のうちにある故郷がものを言う。それを捨ててもいいと思う程の場所は、先《ま》ずないと考えなければならない。

それで、離れられない故郷とは別に、いつかは離れなければならず、それを思えば故郷以上に痛切なものを感じさせる場所が幾つか、外国を廻っているうちには出来ることになる。その記憶は、自分の国に帰ってからも消え失せるものではない。そして何もそれはスイスの湖とか、ライン河の流域とかの、所謂《いわゆる》いい所とは限らないで、モスクワの長い冬を慕うものもあるだろうし、霧に包まれたロンドンの街が忘れられないものもいるに違いない。長くいた場所でさえなくてもいいので、汽車の窓から覗いた田舎町の表通りがいつまでも頭の片隅に残るということもある。併《しか》しそれはやはり、短期間でも住んだことがある場所が強く心を惹く。自分の生活の一部をそこで営んだ訳で、自分の過去というものはその如何《いか》に僅かな断片も捨てることが出来ないものならば、そういう場所もその過去から切り離せないのである。

ここに一つの奇妙なことが起るので、その場所も、我々がその日その日を過している現在の住所と同様に、時間がたつに従って変って行き、凡《すべ》て地上にある場所を支配する条件の下に置かれている訳であるのに、我々の記憶にあるその場所は二十年、三十年前のそこであり、時はいつもその何十年か前の現在である。そして我々はどうかすると、その現在に実地に廻り合うこともある。ヨーロッパなどでは、戦災でも受けない限り、何年たっても大して変らない町や村や、或はそういう場所の一部が多いからで、そこに戻ることが出来れば、時間も以前のそこに戻る。そして変っているのは自分だけである。新婚旅行でアルプスに登山に行き、夫の方が墜落して、妻が山を降りた所の町に住み附いて何十年もたつと、少しずつ動く氷河に運ばれて夫の死体が昔のままの姿で流れ出たという話は有名であるが、その妻の位置に我々は立たされる。

教会の鐘などというものは、百年やそこらで音が変るものではない。そして大きな教会の中には何百年も掛って漸《よう》く落成したのもあり、昔自分が眺めて古いという感じに打たれた教会は、二十年後に再び同じ場所に立って見上げても、自分の方が年取ったことを思うばかりである。その時、教会の鐘が昔と少しも変らない音で鳴り出すということもあり、何れが本当かを疑って、教会も現在の自分も本当であることを認めざるを得ない。時間が一切を運び去るとともに、そうして運び去られたものが何一つ嘘ではないことを、これ程強く感じさせるものはないのである。もし今日よりももっと交通が発達すれば、こういう時間や距離の感覚は失われるのだろうか。人間というものがそう器用に出来ているとは思えない。

チンドン屋

時めくということが、日本では何よりも大切なことになっている。文士が始終ものを書いて発表していないと忘れられてしまうということを聞かされるが、それは文士だけがそうなのではない。早い話が、新聞というものがあって、そこに名前が出ている間はその人間は羽振りがいいと解釈され、新聞の方で御苦労にも、暫《しばら》く名前が出ない人間を拾って、「お久し振り」というような題の特輯をやったりしている。新聞に出たり、人の噂に上ったり、雑誌の記者に写真を取られたりするのが、つまり、時めくことなのである。

こう書くと、全く浅ましい限りであるが、その通り全く浅ましい限りであると言う他ない。人殺しをしても、新聞に名前位は出る。瀆職《とくしよく》以下、凡《すべ》て同じであって、そして新聞種にされたり、人に噂されたりするのは、その人間が何かの点で優れているという事実よりも、人殺しや瀆職風のことの方が基準になることを忘れてはならない。これは少しも誇張ではないのであって、例えば、原子炉を設計するのに何年掛っていても、そこには機密保持の問題もあるのだろうが、仮にそれがなくても、後何年掛れば出来上るのか、或《あるい》はいつかは実際に出来上るのかどうかも解らないことは新聞に出しても仕方がないし、噂をしてもデマで片附けられる。新聞に出るのはそれが出来上って、その設計をやっていたものにとっては仕事が終ってからのことであり、そのことに就《つい》て日本でその筋の専門家が何か言えば、これは新聞種になる。この方が手間が掛らないことは、黙って一つのことを研究し続けているのよりも、黙って一人の人間を殺す方が手間が掛らないのと同じであって、簡単に人目を惹く点でも人殺しに似ている。

だから、こういう廻りくどい説明をする代りに、人目を惹くことが基準になると初めから言えばよかったので、それで困るのは、或は見方によっては、助かるのは、人目を惹くことと何か実質的に価値があるということが少しも一致しないことである。もう一度、人殺しを引き合いに出せば、映画スターも人目を惹いて、その魅力は決して人殺し以上の、本当の美しさではない。見た眼にそうひどい顔をしていなくて、その上にそこに人殺し程度には人目を惹くものがあるから、映画スターに仕立てられるのであり、本当の美人の顔には、逆に映画に出れば演技で補わなければならない何ものかがある。映画という言葉から、映画の広告の文句を聯想《れんそう》して言うのであるが、凡て傑作と呼ぶに足るものは人目を惹かず、そしてそれが出来上るまでには時間が掛る。それで人は映画の中でも人目を惹くものを傑作と呼び、本ものの傑作の方はこれを古典などと称して敬遠する。

時間が掛るという点から見れば、傑作が人目を惹かなくて、従ってそれが出来上るまでの仕事もそっとして置いて貰えるのは幸なことである。出来上ってからも、充分に保護を加えられてそっとして置いて貰いたいもので、団体で寄ってたかって鑑賞しに掛っても両方が損するだけの話である。併《しか》し時めくことが大切であるという見方が、こうして事実に全く反するものであることは知っていなければならない。傑作と言ったのは美術に限らず、一切の価値がある仕事を指すのであって、時めくことにばかり気を取られていれば、世の中は映画と、二流の政治家と、三流の文士だけのものになる。教会を一つ後世に残すことを考えなければならない。

今日のこと

朝の新聞に出ている人間の名前を追いながら、いつ戦争が起って人類が全滅するか解らないと言ってそわそわするのは矛盾している。人間には矛盾していることが多いが、こういう種類のものは堂々廻りをする矛盾であって、どこかで断ち切らなければならない。いつ人類が全滅するか解らないのならば、或る日の新聞でどの野球の選手が誰に引き抜かれ、何という人間が何賞を貰ったなどということは、全く無意味である筈である。又そういう記事に興味を持つ位のん気ならば、人類が全滅するまでにはまだまだ時間がある。

人類の全滅を問題にするのは懶《なま》けものか、根気がないものがすることだとしか思えない。その限りでは、映画スターの消息を見守る人間がやって少しも可笑《おか》しくないことなので、そういう人間も含めて懶けものにとって都合がいいのは、人類がどうなるという風なことになると問題が大き過ぎて、誰もそれに対してどうするということもないということである。中には、署名運動を起したり、決議したりしているものもあるが、それでどれだけの効果があるかは考えて見ないことにしているらしい。こういう手合いが、この前の戦争では勇躍して防空班長を勤めたり、やはり大会を開いて決議したりしていたのである。その間まともな仕事はしなくてもよくなり、そして人類の全滅や大東亜戦争の完遂となれば、まともな仕事をしている暇はない。仕事も大事であるが、それよりも、と言って決議する。例えば、魚類の研究を本式にやるのには、凡《およ》そ普通の恰好をした魚の体に並んでいる鱗を一つ一つ数えて何年も過したりしなければならない。併《しか》し寄ってたかって演説する空気には、仕事というもののそういう辛い面が全くないのである。

それ故《ゆえ》に、世界情勢の不安が薄っぺらな世相を生むというのは嘘だと思うので、薄っぺらな人間が世界情勢の不安に縋《すが》っているのである。その不安がなければ、縋るものもなくてすむという見方も許されるが、縋るのは当人の責任であり、その責任が解消する程、今日の世界も不安ではない。モンテーニュの世界はもっと乱れていた。モンテーニュに対抗する為に、人類を持って来たのだろうが、人類こそいい面の皮である。不安に縋って懶けている人間が幾らいても、誰も救われるものではない。例えば、国鉄の仕事を地道に続けるよりも、職場大会を開いた方が遥かに楽なのである。そしてそれで汽車も動かなければ、労働運動も一歩も前進しない。

尤《もっと》も、誰でも仕事には倦きる。書くことが本当にいやになったことがある文士でなければ、一人前とはいえない。仕事というものには何か本質的に人間の生活に反するものがあって、それが仕甲斐があると思われるものであればある程そうであり、この矛盾から人間は逃れることが出来ない。腕に腕を組んで見ても、階級がなくなっても、このことに変りはないので、そうと思わない人間は案外な浪漫主義者か、感傷主義者である。いつかは私達も休めるでしょう、というのはチェホフの芝居に出て来る言葉であるが、これが感傷的に響かないのは、それが人間のそういう矛盾を素朴に投げ附けたものだからである。我々も休むことを望んでいる。併しそれがスクラムを組むことで直せる程度のものならば、まだ問題ではない。新聞を読んで何のかのと因縁を附ける暇がある位ならば、それはただ懶けているのに過ぎないのである。

拙速

時代が不安でも何でも構わないので、そしてこれは本当に構わないのであり、不安ならば不安でそれだけの覚悟をするだけのことであるが、困るのはこれと一体をなしているワンサ心理とでも言う他ないものの影響で、目立ち易いことにばかり気を取られて政治、外交その他一切をその尺度で考えることである。革命が持てるのもその為と思えるので、凡《すべ》てをぶち壊して出直そうというのは、ぶち壊して出直すのがその後の仕事に変るまでは、今まで続けて来た仕事をこれからも育てて行くのよりも派手で、それだけ受けるという結果になる。

革命はその一例に過ぎなくて、流行歌手だの、小説家の新人だの、それからもう一つ思い附いたが、この頃の鉄とコンクリートの大建築だのは、何れも同じ一つの傾向を表していて、その中でも花形は鉄とコンクリートの大建築かも知れない。建築の生命はその耐久力にある。これは、地震や火事に対する耐久力だけでなくて、それが建てられた目的の為の使用に適していつまでも残り、遂にはそこの風景の一部に溶け込むことを意味するので、その点でこの頃新築される各種のビル程あやふやなものはない。実際にそれが使用に堪えるものかどうかは何年かたたなければ解らず、そして誰もそんなことは考えない。出来た時が花なので、地盤を固め、鉄骨を継ぎ合せてこれをコンクリートで包む仕事は金さえあれば、建築会社が機械的に、幾ら大きなものでも一年かそこらでやってくれるから、勝手な設計をして、後は建築会社に任せればいいのであり、それを斬新な意匠とかいうことで方々で持ち上げてくれる。そして建築家は、次のビルの設計に取り掛る。

これに比べると、小説家の新人はそれでも一字一字、自分で原稿用紙に書いて行かなければならないのだから、まだしも正直なようなものであるが、それをやる要領に掛けては、今日の建築家と少しも変りがない。人目に附くことを書けばよくて、それをなるべく手っ取り早くすませて又次の小説を書く。書くものが、発表されてから一年と持たない代物だからでもあり、それに年月を費して傑作を一つ仕上げても、というのは、もしそれだけの才能があればであって、従ってこれは架空の話であるが、前にも述べた通り、傑作は人目に附かない。派手である為には始終、花火を上げていなければならなくて、それに花火がいつまでも消えずにいれば、これは太陽のようなもので誰も驚かなくなるから、直《す》ぐ消えるという条件も初めから計算に入っている訳である。従って、書くのに苦労することはない。苦労すれば、文学の名に値するものを、或《あるい》は書くかも知れない危険がある。

流行歌手に就《つい》ては何も言う必要はないだろうと思う。建築家と、小説家の新人と流行歌手と並べて見て、それが今日の建築界、文学界、及び音楽界を代表していることを思えば、確かにそこにこそ本ものの不安を感じてもよさそうな気がして来る。併《しか》し少くとも新聞面では、政界も財界も同じ風に扱われている。神武以来などという言葉が出て来るのも、経済問題が主に景気のよし悪しと結び附けて考えられている証拠ではないだろうか。それで、我々は益々不安になってもいいことになる。併し初めに言った通り、不安なのは構わないので、それは不安を見詰めていることですむ。併し不安の蔭に隠れているちゃちな虚偽を見逃してはならないのである。

観点

時代というのは段々に変って行くものである。今更そんなことに感心する必要はないのかも知れないが、日本のようにその変り方が特に烈しい所では、変る毎にこれでおしまいかと思い、そのうちに又変ることも、前はどんなだったかもつい忘れるので、それで記憶を辿って何年前はどうだった、その又何年か前はこうだったと並べて見ると、確かに変ることが解って改めてその事実に打たれることになる。それもこれも、十年が一昔になる日本のことなのだから、無理もない。

十年前の、昭和二十二年に日本がどんな風だったかを思い出して見ても、その後の変り方に驚く。これはアメリカの占領軍が民主主義というものを持って来てくれた頃だった。その前に日本に民主主義がなかった訳では勿論ないが、なかったと皆が考える方が占領軍の政策とかいうものの建前からは都合がよかったので、きだ・みのる氏が日本の村の制度に見られる民主主義的な性格を指摘した記事がその為に発禁になった位だった。民主主義であるから、日本の検閲は全廃されて、その代りに占領軍の検閲があった訳である。併《しか》し兎《と》に角《かく》、民主主義は結構なことで、それにそれまでの十年間は日本で民主主義がひどく影が薄いものになっていたから、これは一般に歓迎され、そしてその民主主義はこうして占領軍に監視されていたから、民主主義とアメリカは同じもので通っていた。共産党も占領軍の力で釈放されて、当時は民主主義とアメリカをソ聯《れん》とソ聯の何式と言うのか解らない民主主義と違わない位宣伝していた。

つまり、日本はアメリカ一色だった。ジェット機の爆音も聞えなかったのか、それとも聞えても構わなかったのか、兎に角、苦情を言うものはなくて、あれだけの占領軍が来ていたのだから中には不心得の兵隊もあり、殺人、強盗、暴行などの事件も今日とは比べものにならない位多かったが、基地問題が起るどころか、アメリカの兵隊があれだけ持てたのを見れば、基地の傍に住んでいる日本人は日本人に羨しがられていたに違いない。アメリカの兵隊と附き合っていることがそれだけでその人間に箔が附くことで、上等兵級のがやっている飲む会にどこかの社長がタキシードを着て来たのを見たことがある。そしてこういうことが、占領軍に占領されているのだから仕方がないという訳のものでは決してなかった。第一、上等兵の会に何も忙しい人間が顔を出すことはなかったので、皆本当にアメリカは偉いと思い、アメリカ人ならば誰とでも附き合うのを光栄と心得ていたのである。

それ故《ゆえ》に、これは日本では殊に強い時代の力ということで説明する他ない。そして時代の力はどこの国でも働いているもので、それが日本では極端な形を取っているに過ぎないと思えば、日本での時代の移り変りは日本を越えて興味がある問題であることが解る。つまり、或る時は一億の底力、又或る時は民主主義、それから社会的な関心、世界の平和と、何を言われて、それがどんなに結構なことであっても、我々には更にその背後に日本で働いている、決して長いとは言えない時代の作用を見る必要がある。民主主義が世界の平和に変り、それが又何に取って代られるか解らない。この他にもっと大きな、歴史の名に価する時代の動きというものもある。併しそれが解るのも、色々な標語とともに変って行く時代を見抜いてからのことである。腰を据えなければ観点も動揺する。

釣り合い

海が荒れて船が難破し掛けている時に、救助に向った船の中に油槽船があって、油をどんどん海に流すと、波が静まるそうである。その原理は学校で習ったような気がするが、もう忘れてしまった。併《しか》しこれは、飛行機から砂を撒くと雨が降るとか、止むとかいう実験よりも確かなことらしくて、難破船を救助する際にはこの方法がよく用いられるそうである。油の表面張力の方が波の力よりも大きいのだろうか。

兎《と》に角《かく》、油が滑かなものであることは確かである。潤滑油の役目をするという言い方もあって、火では仕方がないが、海が荒れるのに似た騒ぎが起りそうになった時に、油の役目をする人間もいる。まあ、まあというのが、そういう際の決り文句のようになっている。そう言えば、いい酒をお銚子から盃に注ぐ時は、特殊な音を立てる。実に柔かな音で、酒にも油の成分か、それに似たものがあるに違いない。そこへ話が持って行きたかった。むしゃくしゃしたり、落ち着かなかったりする時に酒を飲むと、酔いが廻って気分が納って来る、と書いたのは、自分の年を忘れてのことであって、若いうちにそれをやると最初のむしゃくしゃは納っても、それが深酒の悪酔いに変り、火に油を注いだような結果になって、そういう自棄酒《やけざけ》は全く見っともないものである。不愉快だから愉快にしてくれで、その通りにやってくれる程酒は重宝なものではない。自棄酒でも、時間を過す為に一杯やる酒でも、酒の方はいつも酒なりの作用しかしないのは面白いことである。

年取ってから、酒が纏め役の働きをするのは、初めからこっちにその気持が動いているからだろうと思われるので、それならば飲まなくてもよさそうなものであるが、なしですむからと言って何もしゃちこ張ることはない。それでは船が顚覆することになって、自分のうちにある油が油を呼ぶのは当然である。それで、疲れた時に酒を飲むのも気を附けなければならず、これを飲めば直ると一途《いちず》に思えば、酒に寄っ掛ることになり、酒に負ける。要するに、我々は酒に力を抜いてくれることを求めるのだから、それには我々の方で先《ま》ず力を抜いて掛らなければならない。酒がなくても、いきなり向う鉢巻をして飛び出したりしない為には、この力を抜くことを忘れないのが肝腎である。極く小さな子供と酔っ払いは、高い所から落ちても怪我をしない。自棄酒の場合はどうか知らないが、それでも完全に酒にのされて泥酔していれば大丈夫なのではないかと思う。

こういうのを、もの柔かな態度と呼ぶことになっているが、これには疑問がある。弱いもの程、しゃちこ張るのではないだろうか。無理に強がっているのではなくても、自分の方で縮こまってこちこちになっているので、これを強硬な態度と呼ぶのも可笑《おか》しい。確かに強硬ではあるが、それが臆病ものがすることであるのに変りはない。つまり、これはもの柔かな態度をそのままに受け取ってはならないということでもある。そして又、大に強硬にやろうと力むのは戦う前に負けるようなもので、自分の考えを通そうと思えば、先ずしゃちこ張るのを止めなければならない。外観はどうだっていいのである。そんなことに構っているようでは、まだ真剣ではないので、真剣ならば、力を抜く。ぴたりと正眼に附けて無念無想などというのは、剣豪作家の寝言である。

暇な人間

物見遊山という言葉がその昔はあったものであるが、今日では物見遊山に出掛ける人間はいなくなったと言ってもよさそうである。遊ぶことは盛《さかん》であって、夏になれば山奥でもハイキングに来た人間で溢れ、都会では映画館と喫茶店が米屋や魚屋と同じ程度に日常生活になくてはならない施設になっている。こういう例ならば幾らでも挙げられて、物見遊山を遊ぶことの意味に解するならば、これは昔の状態を通り越して、もっと何かひたむきな傾向を生じる所まで来ている感じがする。

ひたむきに遊ぶというのも妙なものである。物見遊山は遊びに出掛けることかも知れないが、それが映画を見て喫茶店に入り、又映画を見て支那ソバを食べてから麻雀をするとか、団体で京都、大阪に行き、着いた先々を観光バスで一廻りして、序《つい》でに伊勢大神宮にも行って観光バスで一廻りしてから東京に帰って来るとかいう風なことならば、その間にしたくなることが遊ぶことなのだとも考えられる。つまり、何もしないで畳の上で寝転んでいることで、我々は仕事に追われている時は温泉にでも行っていることを思い、大阪、或《あるい》は京都の町を観光バスで駈け足で見物していれば、畳の上で何もしないで寝転んでいたくなり、何れも同じことである。映画の広告を見るだけで寝転びたくなるので、壮絶、凄絶、スリル、熱い唇などと並べ立ててあれば、誰だって木蔭に小川がちょろちょろしているとか、縁側に煙草盆が出ている所を胸に描く。或は、今日ではもう誰だってではなくなって、それ故《ゆえ》に物見遊山に出掛ける人間はいなくなった。

これも、観念というものの仕業かも知れない。昔は信心が同じ作用をして、身延山の出《で》開帳《がいちょう》で永代橋が落ちたこともあった。信心も観念の一種であると言えるので、要するに、遊んでいい思いをする観念に取り憑かれていれば、物見遊山どころではなくなり、深夜喫茶でも何でも繁昌する。銀座の人出が多くなったのもそのせいではないだろうか。静かな所が好きな人間は静かな所へ行くという風だったのが、それよりも銀座に行くという考えの方が先に立って、静かであるよりも何よりも、服部の時計塔と松坂屋に挟まれていればそれでいいことになる。皆がその気でいれば、銀座も浅草も、新宿も、そして道頓堀も、烏丸大通りも、どこも同じになる日がそう遠くはない。ただ、どれだけ多勢の人間がその気になるかの問題である。併《しか》し深山幽谷に分け入る積りで、深山幽谷を埋めている人群の中に割り込んで行くことは既に起っている。

それを見ても日本の国力の伸張振りは大したものだとはとても思えないが、映画会社、飲食業者、及び観光業者が必死になって宣伝すれば、これ位の成果は得られるというものでもない。何となく皆が浮かれ出して、一度浮かれ出すと、喫茶店から支那料理屋へ行き、そこから観光バスで深山幽谷の見物も序でにやれることが解って、それを皆が現在、大にやっているという所ではないかと思う。その顔の様子では、別に楽んでいる訳でもなさそうで、これは行き当りばったりに施設に引き摺り廻されているだけのことなのだから、当り前である。併しやりたいことがあるうちは、やって見た方がいいのに決っている。そしてそれが実際はつまらないことならば、何れは倦きて来る。そうすれば人も減り、その中でも酔狂な人間が又心静かに物見遊山に出掛けるようになるに違いない。

言葉遣い

時々お目に掛る言葉で、どうにも可笑《おか》しな感じがするものに遊興飲食税というのがある。どういう店でこれを取られて、どういう所では取られないのか、外で飲み食いする毎に正式の請求書をもらって来る訳ではないから、詳しいことは解らないが、要するに、飲み食いすればこれが掛ると思えば間違いなさそうである。それは掛ける方の勝手で、我々は核兵器を持つか持たないかとか、売春防止法だとか、小選挙区法だとか、我々の生活に直接には響かないことに就《つい》ては、大概の場合は見当違いに結構騒いでも、税の増減は全く代議士に任せている形だから、飲み食いするのにいつ頃から税を取られることになったか、覚えていなくても不思議ではない。

取られるのは仕方がないとして、遊興飲食税というのは振《ふる》っている。何となく鼓や太鼓が入って、ではなしに、この頃の社用族が文字通り遊興している所を想像させる。酒と女に身を持ち崩し、という言葉も思い合されて、それが我々がビールと豚カツで昼の食事をした時でもだから、遊興の二字だけ、どうしても余計である。或《あるい》は、ビールを飲んで、豚カツを食べて楽むのも遊興かも知れない。実際にはその通りであって、これは豚カツ屋の話に限らず、我々がバーに行っても、所謂《いわゆる》、料理屋に行っても、社用族や税務署の役人がやることに準じて飲食の他に特別に遊興と断ることはないのである。普通の人間は遊興する程女を物品と心得ず、又酒をがつがつ飲みもしなくて、これは見た眼に不愉快であり、税法よりも寧《むし》ろ猥褻陳列に関する法律の対象にならないのが不思議である。

これは遊興と同じ遊の字が附く遊廓に行った所で、そうとしか思えない。併《しか》しこうして話はどこまでも拡がって行くのだから、我々がバーに行った場合を例に取ると、バーにも確かに酒があり、その大部分には女もいるが、それで我々はバーに行って遊興しているのだろうか。女の子がいれば、サービスなるものをしてくれる。ということは、我々も人間である以上、サービスして返すことであって、これが疲れている時などは相当辛いのは、バーの女の子に聞くまでもない。併し相手もそうしてやってくれているのだから、これに答えるのは礼儀だろう。昔は遊廓のことを、孝悌忠信《こうていちゅうしん》その他何だったかの徳を忘れる意味で忘八と呼んだそうであるが、実際はそれどころではなくて大変に気骨が折れたことは、当時の遊廓のことを扱ったどんな本にでも書いてある。そしてそれは当り前である。本当に動物になりたければ、猛獣に食われるのを覚悟で密林にでも入って行く他ない。

併し誰も動物になどなりたくはないので、人間でいるのが一番いいのに決っている。それで我々は豚カツ屋でも、或は豚カツ屋の後で遊廓に行っても、いつもの我々であることを免れず、それが遊興ならば、我々が家にいる時は何なのだろうか。或は、遊廓、バー、喫茶店その他は、我々をいい気持にさせることになっている各種の設備に特別に金が掛けてあるから、遊興なのだという論法かとも思われる。併しその金高を一々調べてはいられないから、場所の種類で行くのかも知れない。人間をいい気持にさせる特定の場所があると人に思い込ませることなのであって、偽りの宣伝も甚しいものである。だから、自棄《やけ》になって汽車の中で遊興する人間も出て来る。遊興飲食税というのは、何となくそういう人間を思わせる薄汚い言葉である。止めた方がいい。

自分の国の言葉

言葉遣いが非常に乱れているということである。ということなのではなくて、全くひどいものがあり、仮名遣いや送り仮名が滅茶滅茶になったのと一緒になって、これで日本語というものがまだ言語の体をなしているのだろうかと思いさえする。日本語というのは敬語が複雑でとか、例によって何でもかでも日本と日本人のせいにしたがるものが多勢いるが、日本の特殊性に頼ってもどうにもならないことは、今度の戦争でもう充分に解っている筈である。

日本語の敬語が複雑ならば、ギリシャ語やロシア語には中動態とか言って、能動でも受身でもない動詞の活用の仕方があり、これを一々覚えなければギリシャ語もロシア語も満足には話せない。併《しか》しこれは何も外国語と比較するまでもないことで、戦争が始る頃になって人的資源だの、直結だのという妙な言葉を平気で使うようになるまでは、敬語が複雑な筈の日本語も大体の所は正確に書かれ、又話されてもいたので、これを実際に正確に書き、又話す人間も決して少くなかった。そしてそうすると今度は戦争の影響という、もう一つの万能薬が引き出しの中から出されそうであるが、これもこの場合は必ずしも当て嵌《はま》らないように思える。本当を言うと、戦前でも正確な日本語と不正確なのは、そうはっきり区別されていた訳ではなくて、何のことなのか全く解らない名士の演説もあり、ただ言葉に注意する人間が正確に日本語を使っていただけで、それが戦争で箍《たが》が弛んで一般に人間がもっと不注意になったまでのことである。従って、又そのひどさも目立つようになった。

つまり、それを食い止めるものが現代の口語体の日本語にはまだないのである。そうは言わなくて、こう言うのが本当だというしっかりした基準がまだ出来上らず、従って文法がないし、国学者なるものの特殊な研究の形での文法はあるのかも知れないが、それが学校で子供に教えられ、一般に社会で通用している訳ではない。日本語に文法が必要なのだろうかと思うものもいるに違いない。それで気が附くことは、英語も十七世紀辺りまでは文法が完成していない国語だったということで、もう少し昔に遡ると、ダンテは自国語のイタリー語に対してラテン語のことを「文法語」と呼んでいる。ラテン語は完成されていて文法があっても、イタリー語はイタリー人ならば知っているから、文法がない俗語で構わないという考えだったのである。そして現代の日本語もまだ完成されてはいない。

その証拠に、ヨーロッパ風の文脈を用いて国語で論理的にどんな微妙なことも言えるようになったのは割合に最近の、昭和の初期になってからのことで、それまでの例えば文芸評論は大家が書いたものでも、当時の名士の演説並に何のことか察する他ないものが多い。つまり、事情が少し込み入って来ると、日本人は完成された文語体に逃げたのである。それが官用の文体でもあったのだから、逃げたとも言えないかも知れない。そして今は公文書も口語体、或《あるい》は役人は口語体だと思っているもので書いてある。これからも混乱が続くのは当り前で、それがもっとひどくなることも覚悟しなければならない。そして口語体の日本語も一度は完成し掛けたのであり、それが又崩れたのは、より広範囲の完成が必要になって来たからだと考える他ない。併し日本語の問題は、人ごとではないのである。

まだまだの精神

まだまだということが、一頃はよく言われたものである。まだまだなのは大概の場合は日本で、例えば、日本でも自動車の数が殖《ふ》えたが、世界的な水準から見ればまだまだだとか、日本の女が髪を切ったり、演説したりして自覚して来たのは大したものだが、これをアメリカの女に比べればまだまだとかいう風に、将来に期待している意味にも、又自分の国をけなして自分の見識を示す手段にも用いられた。一種のアチラ話の前身だったとも言える。

アチラ話は、大概は日本をけなすのが目的になっているが、戦前のまだまだは、寧《むし》ろ日本の将来に期待を掛ける意味の方が強かった。そして考えて見れば、このまだまだの精神は明治になるもっと前から続いていたものである。アメリカ人のモースが書いた『日本その日その日』などを読むと、日本は明治になってからも極楽に近い国だったという印象を受けて、それを我々の父祖達はこのまだまだでぶち壊してしまったようなものであるが、この人達が真剣に国を作り変える仕事と取り組んだことは確かであって、その恩恵に浴したその子孫も、少くとも孫辺りまではこの精神を受け継ぎ、そしてこのまだまだという言葉だけでも、割合に最近まで残っていた。だから、覚えている人間もいるかも知れない。そしてアチラは極楽だと言い触らすのよりも、アチラが極楽なら、日本もそのうちに極楽にして見せると気負い立つ方が、まだしも性根が据わった態度であることは認めなければならない。

併《しか》し明治の人達にとっては、その背後にそれまでの日本があったということも考えて見る必要がある。彼等はそのことから自信を得て、別な日本を作る大仕事に乗り出し、そして彼等の老後は、その故郷の山河に慰められたものに違いない。彼等は、彼等が生れた国を作ったその祖先達と一体をなしていることを感じていたので、その墳墓に誓ってその祖先達の仕事を覆し、或《あるい》は彼等の信念に従えば、発展させたのだった。これはどう考えても、羨しいことである。そしてこれは今日の世界で日本人だけが羨しがるのを許されていることで、我々の祖先達のお蔭で全く大変な所まで来てしまったものだという感じがする。まだまだが続くということは、人間が安心して自分の暮しの支えにすることが出来る凡《すべ》てのものから、意識して自分を切り離すことである。伝統などというものに就《つい》て考えて見ても、実感は湧いて来ないし、第一、そういう伝統などという言葉を使わなければならない位、伝統はどこかへ行ってしまっている。そして明治以後は、まだまだの連続だった。

自分が住んでいる町の往来を歩いていて、初めは日本の家が並んでいたのが、木造の洋館に変り、やがて煉瓦建築に建て直され、それが今度はガラスと化粧煉瓦のビルになって、その間を通っている道も砂利道からアスファルト道路、それから又コンクリート道路に改造される。まだまだの精神から言えばそれでいいのであるが、それならば我々が息をつく場所はどこに求めればいいのか。そのことを、今にして思わざるを得ないのである。外国に追い附くことが生死を決する問題だった間は、まだまだで行く他なかった。併し一生を働き通して金を溜める人間にも、そういう自分を眺めてわびしくなる時が来る筈である。とは言え、我々がもう大分前になくなったと思っていたものが実はあるか、又出来ているのではないだろうか。そう思いたい。

伝統

我々日本人は過去との繋りを断たれたと言っても、又別な面から見れば、これは必ずしもそうではない。そのことに気附かせてくれるのは映画である。外国、殊にヨーロッパの時代ものと日本のを見比べる時、それを一層強く感じるので、これは技術上のことなどを言っているのではない。ヨーロッパの時代ものは、明かに時代ものなのである。服装も今日と違えば、家の作りや身の廻りの日用品まで百年、二百年前の時代を感じさせて、それが昔のことになればなる程、時代掛って来る。

二百年前から百年前になるまでの間に各種のものが発達して、それで色々なものの外観も変るというのが、少くとも極く最近までヨーロッパが辿って来た道であって、その為に、例えば、映画で過去の時代を扱うと、時代の違いがはっきり現れる結果になるという点では、我々は確かにそこにヨーロッパの伝統を見ることが出来る。そしてこれと同じことを日本に就《つい》ては言えないのであって、最近までの日本の伝統がどんなものだったにしても、我々はそれをヨーロッパ風のやり方に乗り換えて、それが最近の八、九十年のことであるから、まだそこに新たに伝統が生じるということはあり得ない。それで映画でも現代ものは、我々の日常生活を忠実に描いて、ただごたごたしているばかりであり、こんな生活があるものだろうかと思った途端に、我々自身がしている生活もそれ程体をなしているものではなくて、必ずしも人間の日常生活とは呼べないものであることに気附く。

併《しか》し時代ものでは、我々は別なものを見る。何よりもヨーロッパの同じ種類の映画と違っているのは、我々が今日の生活から殆《ほと》んどそのままそこに入って行けることで、今日ではもうなくなったものも、我々の記憶の中で結構生きていることを発見する。登場人物の和服は着る度数は減っても、我々が今日でも着るものであり、ちょんまげも目障りになる程昔のものではなくて、街の様子も、そこに並んでいる店の構えも、その内部も、店から出て来た客が入る屋台店も、我々が子供の頃に親み、そしてどうかすると都会の中心でも、まだ今日でも見られるものである。それよりももっと前の時代の衣裳も、我々には別にそう古いと感じられるものではなくて、能役者ならばその着方までよく解っている筈である。ということは、今日の我々の生活にも過去の時代が、ヨーロッパなど比べものにならない位根強く残っていて、寧《むし》ろそれがそのまま我々の今日の生活になっていることなのであり、勿論、この事実から眼を背けている人間もいる。

そういう人間は、二十年前よりも十年前の方がもっと凡《すべ》てのものが発達しているという、ヨーロッパのやり方を取り入れた明治の精神に従って、今日でも、まだまだと言っている訳で、こういう人間にとって伝統は必要ではないし、又それに就て語る資格もこの連中にはない。そしてそのまだまだが今では空念仏であることは、制度や学問などの、人間が努力さえすれば発達するものは明治以後に非常な変り方をしていても、我々の生活は昔の姿を留め、却って昔の調和を取り戻そうとしている上に、制度や学問の発達は、既にまだまだの掛け声が意味をなさない所まで行っていることで証明出来る。つまり、そういう変化を受け入れて動じないものが我々の生活、というのはそれが直接に繋っている過去の日本人の生き方にはあり、例えば我々が使っている茶碗一つにもそれが感じられる。

この一筋の道

ヨーロッパの発達が、一つには極端に走ることを恐れないか、或《あるい》はその危険に気附かずにいるかする精神的な傾向から来ていることは日本では、或は日本でも、無視されているようである。併《しか》しこれは少し考えて見れば、直《す》ぐに納得出来る筈のことであって、例えば帝王神権説のようなものをヨーロッパ風に、その字義通りに論理的に発展させて実践すれば、そういう帝王に治められる人民はたまったものではない。そして事実又、たまらない思いをさせられたことは歴史に明かであって、そうなれば、いつ幕府に睨まれて改易になるか解らなくておどおどしている領主に対して、百姓が一揆を起すという風な中途半端なことではなしに、国民全体が革命を起すことも必要になり、それもただ王朝が変って政治が刷新される程度の支那式の革命ではなくて、世界観そのものが覆されなければならない。こうして、自由というものが生れた。

中世紀と呼ばれている時代の間中、神に陶酔することが続いていれば、それから覚めた後には、人間は人間という一つのはっきりした観念に取り附く。その前には神の観念が人間の頭に叩き込まれ、それから先は今度は人間万能の思想が極端な所まで行っても、人間の観念が人間以外の何ものでもない具体的な形を与えられることになったことに変りはない。こういうやり方がいいかどうかということを言っているのではないので、兎《と》に角《かく》、こうして神や、人間や、自由の観念が、今日我々が知っている形を取ることになったことは認めなければならないのである。科学に就《つい》ては、ここで説明するまでもないだろうと思う。ヨーロッパでは万事がこの調子で発達して来たので、そしてその収穫は他の方法で得られるものではなかった。

そのことで思い出すのは、或る若い外国人がその昔、日本の民芸運動に就て言ったことである。その外国人はこの運動をやっている人達が民芸というものの実質も限界もよく知っていて、その範囲で各種の計画を進めているのに打たれたらしい。これがヨーロッパならば、民芸をやっているものなら民芸をやっているものが、これで一切の社会問題が解決し、誰も悪いことをしなくなって、という風に何でもかでも民芸に持って来なければ承知しないだろうと言っていた。そして日本で民芸運動が発達し、普及するのに、そういう大掛りな熱中の仕方を必要とせず、又誰もそんなことを考えもしなかったことは確かである。

一つのことに熱中してその観念をはっきりさせることが凡《すべ》てでないことは言うまでもない。色々なことがある時に、これを念入りに組み合せて全体の調和を得ることは、その一つに専念するだけでは達せられない、そしてこれに劣らない独創であり、又これと同じく人間が是非ともしなくてはならないことである。そしてその結果が凡ての色を合した灰色であるならば、その中に黄も藍もあることを示すのも貴重なことである。ヨーロッパ人が人間や自由の観念を確立し、又その方法も教えてくれたことは、恐らくヨーロッパの文明が人類に対してなした最大の寄与に違いない。これで、一つのことに徹底することの意味も、その限界も解った訳である。今日、それをやっても無益なことにまでヨーロッパ風に徹底した積りでいる日本人もいるが、これを例外なしに附け焼き刃でしかないものにしているのが、民族の智慧というものだろうか。

名称

戦後は風流という言葉が猥褻の意味に用いられるようになった。或《あるい》は、猥褻と言いたい所を風流でごまかしているので、本の題などにこれが附いていれば、それが一種の猥本であると人に思わせる仕組みである所までは解る。従ってその内容が実際にどんなものであるかは別問題であって、そしてそれはどうでもいいことであり、それよりも、風流が猥褻になった所が面白い。そうすると、風流の道とか、風流人とかいうのは何と解釈することになるのだろうか。その道と、それから助平爺であるならば、風流もそんなことになっていい気味だと思いもする。

その昔、吉右衛門が「松浦の太鼓」をやるのを見たことがあって、吉右衛門の松浦どことかの守が其角《きかく》から大高源吾に会って俳句を作った話を聞き、丁度そこへ隣の吉良の屋敷に赤穂浪士が討ち入って、花道の奥で山鹿流の陣太鼓が鳴り出すと、吉右衛門が、「これこそ風流じゃ、」とか何とか言って喜ぶ所があった。何故それが風流なのか解らないが、無理にこじつければ、大高源吾が討ち入りを前に其角に会って、松の枝がどうとかしたとかいう俳句を披露し、それが今、陣太鼓の音に合せて敵を細かに刻んでいるのはいい趣向だということなのかも知れない。併《しか》しもしそうならば、幾らでも異論が唱えられる訳で、敵を三枚に降すことに文句はないが、それで俳句が引き立つのならば、俳句の修業をするのには撃剣を知らなければならないことになり、序《つい》でに、雪が降っている方が好都合ということにもなりそうで、要するにこれは松浦流の俗論に過ぎない。ということは、つまり、その昔行われていた風流の説も、余り当てにはならなかったのである。

恐らく、風流のことの起りはそんな所にはないので、もっと昔に、日本の文明が一つの頂点に達して、社会の隅々にまで心理の網が張り廻らされ、これを無視して行動することが出来なくなっていた頃、この心理の網に殊に敏感な人間がその辛気臭さに閉口して、ひょいと身を交したのが風流になったのに違いない。人間の心理に精通していれば、それも出来る訳であって、していればこそのことであって見れば、これは松浦の陣太鼓流のものとは意味が違う。直江兼続の所に寄食していた前田利大《としのます》という風流人が自讃して、「そもそもこの無苦庵は孝を勤むべき親もなければ、憐むべき子もなし。心は墨に染まねど、髪結ぶがむずかしさに頭を剃り、」などと言っているのも、人を食ったものである。この利大というのは前田利家の甥で、叔父を騙して冷い水のままの風呂に飛び込ませ、自分は叔父の愛馬に跨って越後の直江兼続の所まで逐電した豪傑だった。

同じ心理から連歌も、謡曲も、実朝や西行の秀歌も生れたことが察せられる。従って後世の風流が既にこういう風流のなれの果てなので、それが今度の戦争の後に、猥褻の名にも価しない猥褻の同義語に変った所で、別にそう驚く程のことはないとも言える。ただ我々が今日でも、まだお能を見て魅力を感じるならば、ということになると併し、そこに魅力を感じることと、鑑賞して能に趣味を持つことを区別する必要が生じる。風流ではなくなった後世の風流が今日取っている形が趣味で、趣味になれば能もこけしも、或は外国の切手も大した違いはない。その昔の風流人だったものの眼はもっと生き生きしていて、屈託がなかったように思われる。

息抜き

能が悲劇で、狂言が喜劇と見られないこともない。併《しか》し能の席で泣くものも、狂言が可《お》笑《か》しくて笑うものもこの頃は余りないようで、これは能も狂言も、今では楽みに見物するものではなくて、教養を高める為に鑑賞する為のものになったからに違いない。よく知らないが、能や狂言の番組にも、小説本の類と同様に、解説などが附く時代なのではないだろうか。謡本と首っ引きで能を見ている連中と、どっちがましか解らない。

併し鑑賞しているのではなくても、能は見て泣くものではなさそうである。悲劇という言葉から聯想《れんそう》して泣くことを思うのであるが、悲劇は、本当は人を泣かせるものではない。張り詰めた気持にさせるものである。だから、その気持の一つ先は泣くことだと考えるのは間違っていて、それは涙も、笑いも止めてその両方に向って開かれている境地である。我々は狂言を見て笑う。或《あるい》は、もし笑えなければ、役者が下手か、我々が趣味人だからであって、何れにしても褒めたことではない。併し能が何番かあった後で、我々が狂言を見て笑えるのは、我々の精神が緊張した後の弛緩を要求するからではなくて、能が我々の為に笑う心を準備してくれたからである。そして素直な気持は、張り詰めた気特は我々を素直にする。素直でなければ笑えなくて、例えば「月見座頭」のような狂言にもなるではないか。この狂言は我々をうっとりさせる。

何々にも涙があるという言い方は、眼を泣き腫している人間以外にも、涙が混じっている場所があるのを不思議に思うことを示して、そういう日本で唯物論が履き違えられるのも無理はない。精神家などというものが存在するのと同じことで、精神家にも涙があると聞いてほっとする人間もいそうである。棚の一方に涙があり、もう一方に笑いがあるという考え方で、それで例えば、顔で笑って心で泣いて、という風な芸当が実際に出来ると思ったりする。そしてこの場合、顔は飽くまでも外側で、心は中身なのである。人間が、中に何かが入っている箱のような具合に出来ていると考えているらしい。そしてもしその外側の顔が笑って、中身の心が泣いているならば、それは笑っているのでも、泣いているのでもなくて、恐らくいや味たっぷりな中年の女が芝居をしているのに過ぎないのである。それを見て、こっちが泣きたくなる。

プチャーチンだったか、ゴロヴニンだったかが最初に日本に上陸した時、日本人の衣服その他に間色が多く使われているのを見て、その文明が高度のものであることを知ったと伝えられている。それにしては、その日本人達の子孫は原色しか解らない単純な人種になったものである。顔でしか泣かなかったり、心でしか笑わなかったり、泣き笑いの人生だったりして、涙や笑いを、人生の景物位に心得ているひからびた根性がそこに窺われる。悲喜劇などという言葉も、そこから生れる。つまり、こういう人間はいつもひどく鹿爪《しかつめ》らしい顔をして暮していて、人間はそうするのが普通なのだと考えているに違いない。小人、閑居して渋面を作るのである。だから、髪を風に吹かせて、おでこの下が眼だけになっているベートーヴェンの肖像が大変受けるのである。顔でベートーヴェンになる積りでいるのかも知れない。この辺で一つ、大笑いして見たらどうだろうか。

おしまい

この一回で終りである。随分長い間お喋りを続けて来たものだと思う。どうも、降っても照っても、一日に一度は必ず何枚か書かなければならないというのは辛いことで、それがこういう、始ったかと思うともう終る短い文章の場合はなお更のことである。小説家は、まだしも話の筋というものがあるだけ楽なのではないだろうか。夫婦喧嘩をそのまま対話体で書きでもすれば、何回分かは優に潰せるし、それにそういう所を空想して世にも珍なる夫婦喧嘩をでっち上げたりするのこそ、小説家冥利というものである。少くとも、素人の随筆家はそう思っている。

又、批評家、或《あるい》は随筆家の立場から見るならば（この二つはよく一緒にされて、それはそれで少しも構わない）、始った途端にもう終りが見えている文章を後から後から書くというのは、詳しく書けばそれどころではすまないものになる種を片端から使ってしまうことなので、それを材料に後で又別な機会に書けばよさそうなものであるが、書くというのはそのように便利な具合には行かないもので、一度書いたことは捨てたも同然と見なければならない。だから、旨く行ったら普通の大きさの木位には成長したかも知れないものを、苗木のままで投げ出すことになり、従って随筆の連載などというのは、何れは枯れる苗床と見るべきだろうか。植木屋の身にも、という所まで来て、これはつまらない愚痴に過ぎないことに気が附いた。枯れた苗床でもそのまま残れば、苗床の化石が出来て、後世の学者達を喜ばすことにならないとも限らない。

この百篇の随筆は、既に化石したのも同様にこちこちになっているということも考えられる。甘い、酸っぱいにばかり気を取られていて、固い、柔いの方は忘れていたのは失策だっただろうか。併《しか》しそれに就《つい》てはこういうことも言える。なるべく読み易いものをというのがこの頃の傾向であって、読み易くする為に古典の書き直しまでやっている。そして今までは息抜きに読まれていた小説さえ読み辛いということになって読物と呼ばれているものが登場し、読物も重過ぎるというので随筆が読まれるようになったらしい。随筆の方が小説よりも砕けていると思われるのは、随筆を書く人間にとって光栄かどうか、兎《と》に角《かく》、そう思われても、この注文には応じ兼ねることもある。読者を子供扱いにするのはよくないことであって、読者の立場に自分を置き、自分のうちに一人の読者を設定して書く他ない。従って、それが一人相撲で終ることもある。併しそのぶざまな姿も、時によっては愛嬌かも知れない。

ここまで来て、百日の間、一体何を書いていたのだろうと思う。読み返して見れば解る

が、それも面倒である。一人相撲で悪足掻《わるあが》きしているうちには、その挙句にお説教してい
る口調になることもあるらしい。酒を飲むとお説教を始める癖がある人間がいるが、当人
は大真理を発見して、これを人類に伝えている積りでも、それを聞かされる方にとっては
甚だ迷惑である。そして翌日会って、そんな演説をぶったことをぶった方が全然覚えてい
ないとなると、これはもう全く踏んだり蹴ったりである。

併し正直の所、どんなことを今まで書いて来たのか、どうも思い出せない、遠い昔に、
この仕事を始めて机に向ってからというもの、ない智慧を絞って何やら毎日、ぶつぶつ言
っていたようである。読者が聞き流して下さったことを祈る他ない。

後記

これは今年の三月から六月に掛けて熊本日々新聞に連載した随筆である。前にも一度こういう連載ものを書いたことがあるが、その時と同様に今度も、やっと最後の一回を書き上げて、もう決してこんな仕事はしたくないと思った。自分が蛻《もぬけ》の殻《から》になった感じがする。併《しか》し頼まれれば、又書くに決っているので、それがこちらの商売である。

そして自分にとってこの仕事が全く無駄だったとも思えない。それ故《ゆえ》にそれをさせて下さった熊本日々新聞社編輯局長の小崎邦彌氏と、原稿を催促する労を惜まれなかった同社東京支局の阿部和子氏に感謝する。

昭和三十二年八月

吉田健一

解説　緩やかな時間、失われた時間

四方田　犬彦

吉田健一がルーヴル美術館を最初に訪れたのは、おそらく七歳のみぎり、先に渡仏した外交官の父親茂を追って、家族がパリに移ったときではなかったかと、わたしは思う。ベルエポックは終ったが、ヨーロッパがまだ両大戦間の、束の間の平和を享受していたときだ。もっともこの訪問はあまりに幼い体験であって、芸術というものに意識的関心をもってここに足を向けたのはそれから一一年後、ケンブリッジの学生としてパリに休暇に訪れた冬であった。ボードレールとヴァレリーに開眼した一八歳の青年は、ルーヴルに足繁く通い、古代ギリシャの彫刻からボッティチェリ、ティツィアーノといったルネッサンスの絵画にまで深く親しむことになる。美術館の入口まで来るだけで熱が出たような気分になったという。

中年を迎えるようになって吉田はそのときの印象を、次のように書いている。

パリのルーヴル博物館にあるミロのヴィーナスは、これが陳列してある部屋に行ってただ見るだけでなしに、部屋の隅に置いてあるベンチに腰を降して暫《しばら》くいるといい。太陽が廻るのに連れて光線の差し方が変り、その加減で彫刻も少しずつ別な姿のものになる。そのことに最初に気附いた時の驚きは非常なもので、ヴィーナスが台から降りて来たとしても、より多く打たれるということはなかったかも知れない。影が移って行くのは、その影が差しているものが動くのに似ていて、それがこの世で恐らく最も美しい彫刻の一つであるならば、ここでも海というものが与える感動を持って来る他ない（「博物館」）。

吉田健一はここで、凡百の美術史教師のように、ミロのヴィーナスの年代設定や様式について知識をひけらかしたりなどしない。威厳ある評論家のように、いくぶんの懐疑心を抱きながらその美しさに感傷的な信仰告白を重ね合わせたりもしない。彼はただ、ヴィーナス像を前にしたときに自分が体験した、緩やかな影の移ろいについてだけ語っている。部屋の隅にあるベンチに腰掛けてじっとしていると、窓から差し込む光線のぐあいが変化し、ヴィーナスの印象がしだいに別のものへと変化してゆく。そこには緩やかではあるが確実に流れる時間があり、その時間が不動の彫刻に大きな運動を与えることになる。この時間の過行きをわれわれに体験させてしまうがゆえに、ミロのヴィーナスは「この世で恐らく最も美しい彫刻の一つ」なのだ。ここで吉田がこの像の美を発見した時分に傾倒していたヴァレリーが、唐突に顔を覗かせる。この彫刻の美しさに拮抗できるのは、「海というものが与える感動」しかない。

吉田健一が最初にルーヴルを訪れてからもうほどなく一世紀を迎えようとする現在、もうこうした影の緩やかな移ろいをミロのヴィーナスに期待することは、不可能になってしまった。西洋美術の鑑賞は英会話とともに日本大衆文化のひとつと化し、世界的な観光ブームはヴィーナスの安置されている部屋を、美術館のなかでもっとも混雑した、騒がしい空間に変えて久しい。吉田健一の著書の題名を借りるならば、ただ「時をたたせる為に」美術館で静謐な放心を待ち望むことはもはや困難であり、緩やかな影の移行が美の体験であるという認識は、忙しげに部屋から部屋へと移動してゆく美術研究家の脳裏に浮ぶことはない。そのためだろう、吉田健一はルーヴル美術館のすばらしさを称えた後に、こう書き付ける。

尤《もっと》も、今ならば、そんな場所を廻ることはしないだろうと思う。そこにあるということが解っていればいいので、それはもう前に確めて置いたことなのである（「博物館」）。

わたしはあるものがもう死んでしまったという事実を知っている。だが運が悪いことに、わたしはそれを愛している。

吉田健一が生涯にわたって抱いていたこの理念は、彼を政治的なヒステリーからも、声高く叫ぶ前衛芸術運動からも決定的に遠ざけることとなった。『ヨオロッパの世紀末』において近代への懐疑を告白し、一八世紀の社会をめぐって尽きせぬ郷愁を語った文明史家は、同時に日本の戦後社会の喧騒と速度、派手派手しい流行と安手の表層に深い違和を感じ、それを目立たぬ身振りで回避することにわずかに心の慰めを求めていた生活者でもあった。本書『甘酸っぱい味』には、そうした呟きが百篇の短いエッセイを通して書き付けられている。といっても吉田健一は声を枯らして悲憤慷慨《ひふんこうがい》を演じているわけではない。その悲しみにはたして人が気付くか、気付かないか、その曖昧《あわい》な間のなかに立って、おでん屋のあり方から住居の変遷にいたるまで、日常のよしなしごとについて声低く語ったのだった。

吉田健一の価値観の根底にあったのは、ある物ごとなり思想がそれにふさわしいだけの長大な時間を体験しているかどうかという問題であった。

たとえば新しいものと古いものとでは、どちらにより軍配があがるだろうか。新しいものとは出来たてのものであり、まだ周囲の風景と調和していないがゆえにけばけばしく感じられるもの、不自然に感じられるものである。それに対して古いものとは、使いこなされたものであり、歳月という魔法によって自然なるものに到達するにいたったものである。買ったばかりの背広というのはどこかしら頼りない。背広は一年ほど着込んでみてはじめて味が出てくるものである。革の財布も同様。ましてや人間の思想というものは、長い時間を経て無駄が削ぎ落とされ、古馴染みとなったときに初めて思想の名にふさわしいものとなるだろう。書物にしても同じで、中古になって読む気がおきないような書物は、もとより書物の名前に値しないはずだ。

同じことは住居についてもいえる。新しい家よりも古い家が優れているのはなぜだろうか。もちろん建築素材の耐久力が優れていたからだと考えることができる。だがそれだけではない。古い家には人間の人生と同じように、運としかいいようのない力が働いていたのだ。われわれはそこに、この家を残しておこうという人間の意志を認めることができる。こうして残った古い家は「長い生涯のうちに自信と諦めが生じた人間のように美しい」(「古い家」)。

吉田健一はこうして古いものの新しいものに対する優位を説きながら、それとなく微妙に論点をずらしてゆく。ひとつの思想が本当の価値を示すようになるためには、夥しい歳月が必要である。そこで見出された新しい意味こそが、長らく待たれていた新しい思想である。だとするなら真に新しいものとは、「我々に今まで欠けていて、自分も知らずに求めていたもの、それだけ我々を何かの形で完成に近づけてくれるもの」(「新しいもの」)ではないだろうか。ここに吉田健一に独自の哲学が開かれる。それは諦念のさなかにふと訪れる希望を語る哲学だ。

我々が望んでも、とても適えられないことと思って、自分に対しても黙っていたことが、年月がたつとともに次第に自分の方に近づいて来るということはある。知らずに努力したのか、天から与えられたのか、遥か向うにあったものが、いつの間にか自分とともにあることに気が附く(「理想」)。

ここでも前提とされているのは、長く緩やかに流れる時間の存在である。それは一見したところ、かぎりなく無為の時間のように見えるが、それだけではない。この時間は実は、一日一日の地味な積み重ねを通して、事物に堅固さを与えてきたものである。地味であること、奇《てら》を衒わずどこまでも普通であることこそが、吉田健一にとってもっとも重要なことであった。派手派手しく騒々しいものは、はかなく移ろってゆくものと同義だと見なされた。彼は問いかける。自分の状態に満足していない者に、どうして覚悟というものが出来るだろうか。忘れてはならないのは、自分が普通の人間であることであり、人間というものはその普通さを通して、たとえ時代は大きく隔たっていても、「支那やペルシャ」の詩人たちと同じ人間なのだ。普通であることは静かであることであり、それはとりもなおさず高い場所に立っていることを意味している。高みに達するために必要なのは、自分が自分であることにほかならない。吉田健一の世界はこうして頑強な自己同一の循環構造によって構成されている。だがそれはつねに軽やかであり、ユーモアを帯びている。

『甘酸っぱい味』は一九五七年に地方紙に連載されたエッセイを纏めたものである。ここに集められた短い文章が、日本の敗戦とアメリカによる占領の始まりからわずか一二年の後に執筆されたものであることを、われわれは最後に心に留めておかなければならない。時間は分断された。新しい時間はものごとを急速に変化させてゆく。戦後社会を支配してきた(そして現在にいたってもまだ支配の形骸を見せている)こうしたイデオロギーほどに、吉田健一と無縁のものはなかった。それは彼にいわせると、進歩を楽天的に信じていたヨーロッパ一九世紀の延長上にある、愚かしい時間意識にほかならない。戦後の騒々しさに対して吉田は、戦前の静けさを語り、そこにノスタルジアの感情を投影してみせる。われわれが居住しているこの現在という時間は、たかだか「色々な標語とともに変って行く時代」にすぎない(「観点」)。

『甘酸っぱい味』のなかで軽妙に言及された、こうした時間をめぐる自己反復的な認識は、やがて吉田健一の晩年にいたって、『時間』や『変化』といった、悠々とした大河を思わせる長編評論へと結実してゆく。そこで語られているのはもっぱら、目先の変化を拒みながらも真に大きく変化してゆく事物に対する畏敬の感情であり、その運動を司る長大な時間への尽きせぬ共感である。『甘酸っぱい味』から出発してやがてこうした壮大な書物に到達することになる読者は、いつしか著者である吉田健一という存在が、ルーヴル美術館の一室に安置されているヴィーナスの彫像に似て、長い時間のなかで様々な光と影のドラマを生きてきたことに、ふと気付くのである。

一、本書は一九五七年八月三十日に、新潮社より刊行された。

二、本書には、今日の人権意識に照らして不適切と思われる語句や表現があるが、時代的背景と、作品の歴史的・資料的価値にかんがみ、加えて著者が故人であることから、そのままとした。

日本人の心の歴史（上）　唐木順三

自然と共に生きてきた日本人の繊細な季節感の変遷をたどり、日本人の心の歴史とその骨格を究明する。上巻では万葉の時代から芭蕉までを扱う。

日本人の心の歴史（下）　唐木順三

日本人の細やかな美的感覚を「心」という深く広い言葉で見つめた創見に富む日本精神史。下巻は西鶴の時代から現代に及ぶ。（高橋英夫）

日本文学史序説（上）　加藤周一

日本文学の特徴、その歴史的発展や固有の構造を浮き上がらせて、万葉の時代から源氏・今昔・能・狂言を経て、江戸時代の徂徠や俳諧まで。

日本文学史序説（下）　加藤周一

従来の文壇史やジャンル史などの枠組みを超えて、幅広い視座に立ち、江戸町人の時代から、国学や蘭学を経て、維新・明治、現代の大江まで。

書物の近代　紅野謙介

書物にフェティッシュを求める漱石、リアリズムに徹し書物の個性を無化した藤村。モノ―書物に顕現するもう一つの近代文学史。（川口晴美）

奇談異聞辞典　柴田宵曲編

ろくろっ首、化け物屋敷、狐火、天狗。古今の書に精通した宵曲が、江戸の随筆から奇にして怪なる話を選り抜いて集大成した、妖しく魅惑的な辞典。

源氏物語歳時記　鈴木日出男

最も物語らしい物語の歳時の言葉と心をとりあげ、その洗練を支えている古代の日本人の四季の自然に対する美意識をさぐる。（犬飼公之）

江戸の想像力　田中優子

平賀源内と上田秋成という異質な個性を軸に、江戸18世紀の異文化受容の屈折したありようとダイナミックな近世の〈運動〉を描く。（松田修）

図説　太宰治　日本近代文学館編

「二十世紀旗手」として時代を駆け抜けた作家・太宰。新公開資料を含む多数の写真、草稿、証言からその文学と人生の実像に迫る。（安藤宏）

平家物語の読み方
兵藤裕己
琵琶法師の「語り」からテクスト生成への過程を検証し、「盛者必衰」の崩壊感覚の裏側に秘められた王権の目論見を抽出する斬新な入門書。（木村朗子）

定家明月記私抄
堀田善衛
美の使徒・藤原定家の厖大な日記『明月記』を読みとき、大乱世の相貌と詩人の実像を生き生きと描く名著。本篇は定家一九歳から四八歳までの記。

定家明月記私抄　続篇
堀田善衛
壮年期から、承久の乱を経て八〇歳の死まで。乱世を生きぬき宮廷文化最後の花を開いた藤原定家の人と時代を浮彫りにする。（井上ひさし）

都市空間のなかの文学
前田愛
鷗外や漱石などの文学作品と上海・東京などの都市空間――この二つのテクストの相関を鮮やかに捉えた近代文学研究の金字塔。（小森陽一）

増補　文学テクスト入門
前田愛
漱石、鷗外、芥川などのテクストに新たな読みの可能性を発見し、〈読書のユートピア〉へと読者を誘なう、オリジナルな入門書。（小森陽一）

益田勝実の仕事（全5巻）
益田勝実
国文学・歴史学・民俗学の方法を駆使して日本人の原像に迫った巨人の全貌。単行本と未刊行論文から編む全五巻。第60回毎日出版文化賞受賞。

益田勝実の仕事1
益田勝実／鈴木日出男・天野紀代子編
〈説話の益田〉の名を確立した『説話文学と絵巻』（一九六〇年）をはじめとする説話文学論と、民俗学を見据える諸論を収録。解題＝鈴木日出男

益田勝実の仕事2
益田勝実／鈴木日出男・天野紀代子編
原始日本人の想像力とその変容プロセスに迫った力作『火山列島の思想』（一九六八年）と、単行本未収録の物語論考で編む。解題＝天野紀代子

益田勝実の仕事3
益田勝実／鈴木日出男・天野紀代子編
記紀の歌謡に〈抒情以前の抒情〉の出現を見出す『記紀歌謡』（一九七二年）を中心に、古代歌謡・万葉集についての論考を収める。解題＝鈴木日出男

古事記注釈　第七巻　西郷信綱

大后の嫉妬に振り回される「聖帝」仁徳。軽太子の道ならぬ恋は悲劇的結末を呼ぶ。そして王位継承をめぐる確執は連鎖反応の如く事件を生んでゆく。

古事記注釈　第八巻　西郷信綱

王の中の王・雄略以降を収録する最終巻。はるか神代の創造神話は、女帝・推古までの「天つ日継」の系譜をもって幕を閉じる。詳細な索引を増補。

萬葉集に歴史を読む　森浩一

古の人びとの愛や憎しみ、執念や悲哀。万葉集には、数々の人間ドラマと歴史の激動が刻まれている。考古学者が大胆に読む、躍動感あふれる万葉の世界。

ヴェニスの商人の資本論　岩井克人

〈資本主義〉のシステムやその根底にある〈貨幣〉の逆説とは何か。その怪物めいた謎をめぐって、明晰な論理と軽妙な洒脱さで展開する諸考察。

資本主義を語る　岩井克人

人類の歴史とともにあった資本主義的なるもの、結局は資本主義を認めざるをえなかったマルクスの逆説。人と貨幣をめぐるスリリングな論考。

クレオール主義　今福龍太

植民地に産声をあげたクレオール文化。言語・民族・国家など、自明な帰属からの解除を提唱する、文化の混血主義のしなやかなる宣言。（西成彦）

増補　敗北の二十世紀　市村弘正

人間の根源が危殆に瀕するほどの災厄に襲われた二十世紀。知識人たちの応答とわれわれに残された可能性に迫る省察の結晶。（熊野純彦）

現代思想の教科書　石田英敬

今日我々を取りまく〈知〉は、4つの「ポスト状況」から発生した。言語、メディア、国家等、最重要論点のすべてを一から読む！　決定版入門書。

プラグマティズムの思想　魚津郁夫

アメリカ思想の多元主義的な伝統は、九・一一事件以降変貌してしまったのか。「独立宣言」から現代のローティまで、その思想の展開をたどる。

官能の哲学　松浦寿輝

現代における身体とメディアの関係、そこに生起するエロティックな記号を炙りだす。絵画、映画等、縦横に論じる著者の筆が冴える。（小野正嗣）

気流の鳴る音　真木悠介

カスタネダの著書に描かれた異世界の論理に、人間ほんらいの生き方を探る。現代社会に抑圧された自我を、深部から解き放つ比較社会学的構想。

日本数寄　松岡正剛

「趣向」こそがニッポンだ。意匠に文様、連歌に能楽、織部に若冲……。時代を往還する取り合わせのキワと核心。（芳賀徹）

日本流　松岡正剛

日本文化に通底しているもの、失われつつあるものとは。唄、画、衣装、庭等を紹介しながら、多様で一途な「日本」を抽出する。（田中優子）

五輪書　宮本武蔵　佐藤正英校注／訳

苛烈な勝負を経て自得した兵法の奥義。広く人生の修養・鍛錬の書として読まれる。『兵法三十五か条の書』『独行道』を付した新訳・新校訂版。

森有正エッセー集成（全5巻）　森有正　二宮正之編

内面からの西欧把握と、それに対応しての日本認識を自らの命題とし、日々の生活を通して思想経験にまで高めた、前人未到の精神的営為を集成。

森有正エッセー集成1　森有正　二宮正之編

普遍的な価値の追究。単行本『バビロンの流れのほとりにて』と『流れのほとりにて』に、日記（一九五四―五七年）を収録。（二宮正之）

柳宗悦コレクション（全3巻）　柳宗悦

民藝という美の標準を確立した柳は、よりよい社会の実現を目指す社会変革思想家でもあった。その斬新な思想の全貌を明らかにするシリーズ全3巻。

柳宗悦コレクション1　ひと　柳宗悦

美の人として知られる柳。しかし彼の主眼は、社会をよりよい方向に変革することにあった。その思想の全貌を描くシリーズ第一巻。（中見真理）

東京の空間人類学　陣内秀信

東京、このふしぎな都市空間を深層から探り、明快に解読した定番本。基層の地形、江戸の記憶、近代の都市造形が、ここに甦る。図版多数。（川本三郎）

東京の地霊《ゲニウス・ロキ》　鈴木博之

日本橋室町、紀尾井町、上野の森……。その土地に堆積した数奇な歴史・固有の記憶を軸に、都内13カ所の土地を考察する「東京物語」。（藤森照信・石山修武）

空間の経験　イーフー・トゥアン　山本浩訳

人間にとって空間と場所とは何か？　それはどんな経験なのか？　基本的なモチーフを提示する空間論の必読図書。（A・ベルク　小松和彦）

日本の景観　樋口忠彦

日本人が慈しんできた風景とは何か？　いくつかの原型に遡り美しく命名し、また現代に再生させる道を探る、景観工学の代表作。（芦原義信）

自然の家　フランク・ロイド・ライト　富岡義人訳

いかにして人間の住まいと自然は調和をとりうるか。建築家F・L・ライトの思想と美学が凝縮された名著を新訳。最新知見をもりこんだ解説付。

マルセイユのユニテ・ダビタシオン　ル・コルビュジエ　山名善之／戸田穣訳

近代建築の巨匠による集合住宅ユニテ・ダビタシオン。そこには住宅から都市まで、ル・コルビュジエの思想が集約されていた。充実の解説付。

都市への権利　アンリ・ルフェーヴル　森本和夫訳

都市現実は我々利用者のためにある！——産業化社会に抗するシチュアシオニスム運動の中、人間の主体性に基づく都市を提唱する。（南後由和）

青山二郎全文集（上）　青山二郎

物を観ることを頭から切りはなし、眼に映った物だけを信じる「眼の哲学」を築き、美術、社会、人物の「真贋」の奥義を極める全エッセー集。

青山二郎全文集（下）　青山二郎

美とはそれを観た者の発見であり創作だとして日本文化を生き、多くの識者に絶大な影響を与えた著者の、貴重な未刊行手記を含む全文業。（高橋英夫）

少女古写真館　飯沢耕太郎
「少女」という儚い瞬間。移ろいゆくものに魅せられてきた写真がその奇跡のような一瞬の姿を捉える。撮り継がれた東西の少女写真を多数収録。

シュルレアリスムとは何か　巖谷國士
20世紀初頭に現れたシュルレアリスム——美術・文学を縦横にへめぐりつつ「自動筆記」「メルヘン」「ユートピア」をテーマに自在に語る入門書。

伊丹万作エッセイ集　伊丹万作　大江健三郎編
卓抜したシナリオ作家、映画監督伊丹万作は、絶妙な批評の名手でもあった。映画論、社会評論など、その精髄を集成。（中野重治・大江健三郎）

幕末　写真の時代　小沢健志編
福沢諭吉、坂本龍馬ら幕末の志士、長崎出島の様子や鎌倉事件の現場まで、幕末から明治初頭までの興味深い古写真約二〇〇点をコンパクトに掲載。

幕末・明治の写真　小沢健志
西洋の技術として伝来した幕末から、商業写真や芸術写真として発展した明治中期までの日本写真の歴史。横浜写真、戦争写真など二〇〇点以上掲載。

写真　日露戦争　小沢健志編
若き近代国家明治日本が大国ロシアと戦った日露戦争とは何だったのか。当時の陸海軍の選りすぐった写真により、その真実の姿を伝える。（半藤一利）

ピカソ［ピカソ講義］　岡本太郎　宗左近
パリでのピカソ作品との衝撃的出会いから親密な交流まで、実体験にもとづく岡本の話を宗が導く。二人の偉大な画家の軌跡が蘇る。（赤坂憲雄）

岡本太郎の宇宙（全5巻）　岡本太郎　山下裕二／椹木野衣／平野暁臣編
20世紀を疾走した芸術家、岡本太郎。彼の言葉と作品は未来への強い輝きを放つ。遺された著作を厳選編集し、その存在の全貌に迫った、決定版著作集。

対極と爆発　岡本太郎の宇宙1　岡本太郎　山下裕二／椹木野衣／平野暁臣編
多面的に活躍した20世紀の巨人の全貌に迫る著作集。一巻は戦後の「夜の会」から「太陽の塔」まで、その生涯を貫く「対極」の思想を集成。（椹木野衣）

ニーチェ書簡集I
ニーチェ全集 別巻1
F・ニーチェ
塚越敏 訳

若き日の友人への心情吐露、ヴァーグナーへの傾倒と離反、ザロメへの愛の告白……。一八六一～八三年にわたるニーチェの肉声をここに集成する。

ニーチェ書簡集II・詩集
ニーチェ全集 別巻2
F・ニーチェ
塚越敏／中島義生訳

『ツァラトゥストラ』刊行から晩年の精神錯乱まで、一八八四～八九年の書簡と、若き日の初期詩集、および「ディオニュソス頌歌」を併載する。

生成の無垢 上
ニーチェ全集 別巻3
F・ニーチェ
原佑／吉沢伝三郎訳

「変化する者だけがあくまで私と親近である」。ニーチェにとって世界は、最高の秩序をおのれ自身のうちから生成する永遠の闘争として現れた。

生成の無垢 下
ニーチェ全集 別巻4
F・ニーチェ
原佑／吉沢伝三郎訳

ニーチェの遺稿断片を整理し、『悲劇の誕生』から『権力への意志』にまで通底する思索を《生成の無垢》として提示する。（A・ボイムラー）

漢書（全8巻）
班固
小竹武夫訳

漢の高祖から新の王莽まで、『史記』に次ぐ第二番目の中国正史。人間の運命を洞察する歴史文学として底知れぬ魅力を湛えて後世史家の範となる。

漢書 1
班固
小竹武夫訳

前漢の高祖から平帝までの十二代、二百数十年に及ぶ正史。「文字の中に情旨ことごとく露る」と評された史書の範。初の文庫化。（橋川時雄）

漢書 2
班固
小竹武夫訳

漢代の諸侯王や功臣など、さまざまな人物を分類した「表」全巻と、法律・経済・天文などの文化史「志」前半を収めた、血の通った歴史記録。

漢書 3
班固
小竹武夫訳

古来、古書を学ぶ者にとって必読の書といわれる「芸文志」や、当時の世界地理を記録した「地理志」など、「志」の後半を収める。

漢書 4
班固
小竹武夫訳

「権勢利慾の交わり、古人これを羞ず」。人臣の生きざまを、その弱さ愚かさまで含みこみ記述する、悲劇的基調の「列伝」冒頭巻。

漢書5
班固
小竹武夫 訳

難敵匈奴をめぐる衛青、霍去病、張騫たちの活躍と、董仲舒、司馬相如、司馬遷ら学者・文人たちの群像を描く。登場人物の際立つ個性を活写。

漢書6
班固
小竹武夫 訳

「心の憂うる、涕《なみだ》すでに隕《お》つ」。人間は、それぞれの運命を背負い、いかに生きるべきか。中国古代を彩る無名なるがゆえの輝きの数々。

漢書7
班固
小竹武夫 訳

特色ある人物を、儒林・循吏・酷吏・貨殖・游俠・佞幸の六部門に分けて活写し、合わせて、漢民族の宿敵匈奴の英雄群像を冷静な目で描く。

漢書8
班固
小竹武夫 訳

水のみなぎって天にはびこるごとく、漢帝国を奪った王莽は英雄か賊臣か。その出自と家系を語り、漢帝国の崩壊を描く圧巻。

インド神話
上村勝彦

悠久の時間と広大な自然に育まれたインド神話の世界を原典から平易に紹介する。神々と英雄たちが織りなす多彩にして奇想天外な神話の軌跡。

ユダヤ古代誌（全6巻）
フラウィウス・ヨセフス
秦剛平 訳

対ローマ・ユダヤ戦争を経験したヨセフスが説き起こす、天地創造からイエスの時代をへて同時代（紀元後一世紀）までのユダヤの歴史。

ユダヤ古代誌1
フラウィウス・ヨセフス
秦剛平 訳

天地創造から始祖アブラハムの事蹟へ、イサク、ヤコブ、ヨセフの物語から偉大な指導者モーセのカナン到着までを語る、旧約時代篇の冒頭巻。

ユダヤ古代誌2
フラウィウス・ヨセフス
秦剛平 訳

カナン征服から、サムソン、ルツ、サムエルの物語を追い、サウルによるユダヤ王国の誕生、ダビデ、ソロモンの黄金時代を叙述して歴史時代へ。

ユダヤ古代誌3
フラウィウス・ヨセフス
秦剛平 訳

ソロモンの時代が終わり、ユダヤ王国は分裂する。バビロン捕囚によって王国が終焉するまでの歴史を一望し、アレクサンダー大王の時代に至る。

ユダヤ古代誌4
フラウィウス・ヨセフス
秦　剛平　訳

アレクサンドリアにおける聖書の翻訳から、マッカバイオス戦争を経て、アサモナイオス朝の終焉までのヘレニズム時代。新約世界のはじまり。

ユダヤ古代誌5
フラウィウス・ヨセフス
秦　剛平　訳

ヘロデによる権力確立（前三七－二五年）から、その全盛時代（前二五－一三年）を経て、彼の死後の混乱、イエス生誕のころまでを描く。

ユダヤ古代誌6
フラウィウス・ヨセフス
秦　剛平　訳

ユダヤがローマの属州となった後六年からアグリッパス一世の支配（後四一－四四年）を経て、第一次ユダヤ戦争勃発（後六六年）までの最終巻。

ユダヤ戦記（全3巻）
フラウィウス・ヨセフス
秦　剛平　訳

紀元六六－七〇年、ローマ帝国と戦ったユダヤ人の記録。西欧社会の必読書であり、イエスの神聖を保証するプルーフテクストとして機能する。

ユダヤ戦記1
フラウィウス・ヨセフス
秦　剛平　訳

アサモナイオス王朝の盛衰から、やがてヘロデがユダヤの王となる。そしてヘロデの死後ユダヤはローマの属州となり、戦いの気配が濃厚となる。

ユダヤ戦記2
フラウィウス・ヨセフス
秦　剛平　訳

圧倒的な軍事力のローマ軍。ウェスパシアノスのガリラヤ侵攻、ヨタパタの攻防戦でヨセフスが捕虜となり、ユダヤの民の不安と絶望の日々が続く。

ユダヤ戦記3
フラウィウス・ヨセフス
秦　剛平　訳

ユダヤ人の聖性が宿る都エルサレムと神殿を失ったのに、彼らの神は沈黙を守る。そして二〇〇〇年にわたる流浪が始まった。全三巻完結。

新訂 江戸名所図会
市古夏生
鈴木健一　校訂

神田の名主斎藤月岑が親子三代かけてまとめた江戸の地誌。幕末の町の佇いの巧みな叙述と長谷川雪旦の挿絵で知られるベストセラーを新訂で贈る。

新訂 江戸名所図会1
市古夏生
鈴木健一　校訂

江戸城を中心に築かれた武家地と、商業地・下町の賑わい、四通八達した街道沿線の姿が髣髴とする。千代田・中央区・港区、江戸への旅がいま始まる。

ちくま学芸文庫

甘酸《あまず》っぱい味《あじ》

二〇一一年十二月十日　第一刷発行

著　者　吉田健一（よしだ・けんいち）

発行者　熊沢敏之

発行所　株式会社　筑摩書房
東京都台東区蔵前二―五―三　〒一一一―八七五五
振替〇〇一六〇―八―四一二三

装幀者　安野光雅

印刷所　株式会社精興社

製本所　株式会社積信堂

乱丁・落丁本の場合は、左記宛に御送付下さい。
送料小社負担でお取り替えいたします。
ご注文・お問い合わせも左記へお願いします。
筑摩書房サービスセンター
埼玉県さいたま市北区櫛引町二―六〇四　〒三三一―八五〇七
電話番号　〇四八―六五一―〇〇五三

ISBN978-4-480-09426-1 C0195